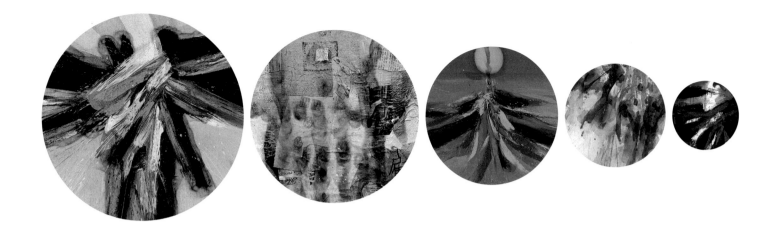

穿越兩極—顧重光的繪畫世界

From Abstractionism Through New Realism - The Art World of Koo, Chung-Kuang

目次
CONTENTS

館長序

顧重光教授畢業於國立臺灣師範大學藝術系並獲油畫組第一名，隨後進入文化大學美研所深造。在校期間受到廖繼春、李澤藩、林玉山、陳慧坤、李石樵、馬白水及金勤伯等名師的指導與薰陶，札實的學院派訓練，讓他汲取東方藝術的養分，且成就了西方繪畫寫實造形的功力。

基礎教育讓顧教授以西方媒材持續從事藝術上的創作，思維觀念卻很東方、內斂。當時臺灣的藝術發展正值萌芽期，資訊並不普及。他努力接觸西方藝術，也因而使他比一般藝術工作者更早開拓創作視野。除了水彩、油畫，對於水墨、版畫、複製裱貼等亦多擅長，是一位多才多藝的畫家，藝術造詣享譽國內外藝壇。

對於藝術家風格的形成，顧教授認為「一個藝術的醞釀，必然會經歷許多嘗試，伴隨著生活經驗而產生不同風格的轉變，與日常生活息息相關。如同每個人都有各自偏好的音樂或飲食，從事藝術的創作，除了個人的喜好，同樣會受到世界各個潮流與臺灣整體藝術發展的影響，從而作出某種程度的調整，從中尋找出最適合自己的表現，然後樹立起自我的風格。」

顧教授的創作歷程風格轉變的落差極大，從「抽象表現」跨越到「新寫實主義」，每每在當代畫壇頭角崢嶸，廣受推崇。從60年代的追求油畫技巧上的創新，以西畫材料來表現中國的書法，這「燻煙」技法是他這個時期的重要語彙，從事抽象及符號性的油畫創作；70年代「照相寫實主義」出現，將青花陶盤、水果、花卉放大，再以細膩的油畫技巧表現其堅硬、平順、光滑且鉅細靡遺的物象，步入精緻扎實的新寫實風；80年代則開發新的材料，運用複製與裱貼的技法，在創作手法與表現風格上多元並進，造就許多別具風格的作品；90年代後期，他克服萬難，歷經八次絲路考察，於2012年發表風格迥異的「絲路之旅」系列作品，壯遊寫生的非凡成果驚豔畫壇，傳為年度盛事。

本次展出的作品，共十個主題：生命・思考—早期作品、形符・轉換—符號抽象系列、圖文・並置—絹印系列、書寫・大塊—書法抽象系列、鏤刻・節慶—版畫系列、重回・土地—鄉土寫實系列、精細・寫實—花果磁盤系列、穿越・時光—拼貼系列、西域・風雲—絲路系列、兩極・合一—對位系列。從這麼多元多貌的題材，我們可以一窺顧重光教授極具爆發力的藝術原創性，在同儕間難有望其項背者。

除了孜孜不倦於美術創作，顧教授對美術教育的貢獻更是值得肯定，他曾任教於中原及東海大學建築系，目前擔任國立臺灣師範大學美術系美術研究所技術副教授、淡江大學文錙藝術中心兼任駐校藝術家，桃李滿天下。他期許莘莘學子，應多多接觸傳統文化的涵養與人文關懷的精神，作為提升自我能力的養分，創作力自然無窮無盡。適「穿越兩極—顧重光的繪畫世界」於本（104）年7月4日起至7月29日止在中山國家畫廊隆重展出，誠邀各方雅士，蒞館欣賞共襄盛舉，並綴數語以為祝賀！

國立國父紀念館館長

王福林

　　多年以前李奇茂教授曾經在國父紀念館評議會議時推薦我在中山國家畫廊舉行個人畫展，後經廖修平教授在西畫審查會議中再度提出，由評審委員全體鼓掌通過完成立案，始有今天的展出，感謝李、廖兩位教授大力舉薦，心中感激不已。

　　國立國父紀念館館長王福林先生非常關心中山國家畫廊的展出事宜，有關每檔畫展都全力協助指導各組配合讓展出圓滿順利，並且首創為展覽者拍攝紀錄影片此一創舉，在公立展場中實屬特別的口述歷史，為此展出畫家得以親自解說創作理念、成長經驗、全方位觀察畫家生活形象，實由於王福林館長建構了臺灣現代美術史的口述歷史。

　　此次畫展重要的部分是繪畫專輯，名稱是《穿越兩極―顧重光的繪畫世界》，前提「穿越兩極」是由藝評家蕭瓊瑞教授提出，因為在我的創作作品之中經常抽象與寫實的風格相互穿插並行，所以就創作的表象上常會出現寫實與抽象齊頭並進的情形出現，就此取名穿越兩極。

　　蕭教授的評論全文是〈穿越兩極―顧重光的藝術探險與成就〉，探險的成份居多而成就的部分就留給觀者品評了，曾長生博士的評文是〈顧重光新寫實的跨文化現代性〉，給了我許多鼓勵與再創作的動力，藝評家盧怡仲的評文〈東方精神的護旗者―顧重光先生〉，歸納了許多年來創作結果，東西方文化藝術融合；而以東方精神為主軸，藝評家巴東評文〈顧重光的繪畫藝術〉，以他在國立歷史博物館研究組主任的史學眼光看我的畫作，藝術評論家劉永仁評文〈顧重光，從激越到境域築構〉，用美學的觀點來解說我繪畫的形成，特約藝評李鳳鳴評文〈尋覓新寫實的藝術成就〉，採用較多的問與答的口語化訪問，原汁原味的顯示畫家的企圖，感謝六位藝評家對我的作品及個人的剖析，非常感謝大家的厚愛鼓勵。

　　自1957年畫出第一張油畫迄今已近一甲子，歷經不斷的學習創作再學習再更新創作，從事藝術的道路大約就是不斷地尋找新的思維、新的方法持續下去，感謝我的師長給我的教誨，朋友的鼓勵，家人無怨無悔的支持我的創作。

顧重光

穿越兩極－顧重光的藝術探險與成就

■ 蕭瓊瑞／藝評家、成功大學歷史系教授

顧重光（1943～）像一支尖銳的現代的箭[1]，從 1960 年代起，衝擊著現代畫壇一雙雙注目凝視的眼睛，帶給大家一次又一次的爭議與質疑，也帶給大家一次又一次的驚艷與肯定。他像一支尖銳的箭，穿越的不只是寫實與抽象的兩極，更穿越了文人與民間、傳統與現代、東方與西方、故鄉與異鄉，乃至真實與虛幻、聖化與俗化……等等思維的兩極；一如藝術家在語言上的天份，他跨越多種文化背景，又像一條堅韌的繩索，將這些異質的思維與文化，纏繞編織成一繩，牽引著一批批的現代藝術工作者，包括：油畫、版畫、水墨……等不同媒材的創作者，頻繁往來交流於中國大陸、香港、韓國、日本，與東南亞等地，是臺灣現代畫壇 1980 年代中期以後，最具代表性的領導者之一；而其豐富多元的作品，更值得研究者給予深入的理解與關注。

1943 年生於四川重慶的顧重光，在家排行老二，上有一兄，相差 4 歲。父親顧正漢先生（1911～2009）是江蘇阜寧人，以醫學專業服務於政府的衛生部門。1945 年抗戰勝利遷都，舉家遷居南京，母親喻佳珍女士（1911～2007），任職實驗小學教務主任。幼年的顧重光，記得母親收藏的小盒子中，總有著許多剪紙的小畫冊，和精巧的鑰匙鏈子，這些光彩耀目的手飾，和精細的剪紙造型，顯然啓發了顧重光對美術的喜好。

1948 年，顧重光讀完南京歌樂實驗小學幼稚園後，進入小學部一年級，隔年（1949），即隨國民政府由南京播遷臺灣。當年六歲的他，仍記得全家是搭乘空軍 C-46 運輸機，由南京直抵嘉義；後乘火車北上，定居臺北，就住在內江街的臺北護校內，顧重光進入附近的西門國小二年級就讀，直到畢業。這是臺北市頗爲熱鬧的一個老市街，顧重光在這裡和本地的小孩嬉戲、學習，也練就了一口道地的「閩南話」；而當地濃郁的宗教氛圍，顯然也給了童年時期的顧重光，頗爲深刻的印象與滋養。

1953 年，西門國小畢業，順利考入臺灣省立師範學院（今國立臺灣師大）附屬中學（今師大附中）四二制實驗班；同年，因父親轉任中央衛生實驗院副院長，舉家由臺北護校遷居永和中興街的內政部宿舍。

不過顧重光的初中生活顯然讀得不太順利，一年級時，即因數學、生物兩科不及格，留級一年；隔年（1955），師院附中改制師大附中，父母爲求打好基礎，又讓他重新再讀一次一年級。

1957 年，這是臺灣戰後美術發展史上重要的一年，日後帶動臺灣現代繪畫運動的「五月畫會」與「東方畫會」，就在這一年相繼成立，並推出首屆展覽。這年，顧重光升上初中三年級，而他立志走往美術學習的志向已定，除在校加入「木刻版畫研究班」，跟隨方向先生學習木刻版畫技巧外，也利用課餘時間，進入師大教授馬白水的畫室，學習素描及水彩。同年（1957），父親自美國北卡羅來納州立大學公共衛生研究所取得碩士學位歸國；返臺前，特地來信詢問顧重光需要什麼東西？顧重光毫不考慮地回答：繪畫材料！結果父親就爲他運回了一大箱的繪畫用具，包括：木炭條、鉛筆、水彩筆、水彩顏料、畫紙、油畫筆、油畫顏料、畫布，以及版畫材料、木版、絹印工具……等，顯示父親對他學習繪畫的支持。〈靜物（水果盤）〉（1957）和〈月夜歸航〉（1957），就是這個時期留下的作品。

1958 年，由於父親轉任國立臺灣師範大學衛生教育系教授，同時擔任中華民國紅十字會總會秘

書長，全家由永和搬至師大。隔年（1959），顧重光師大附中畢業，但投考師大藝術系未取，只得進入補習班加強課業；同時，也報名參加師大校外輔導班的課程，隨金勤伯老師學國畫，隨張道林老師學素描。至1961年，18歲那年，才順利進入臺灣師大藝術系就讀，也就此展開此後長達半個世紀的藝術探險之旅，成就了大批面貌多樣的作品。

細分顧重光半個多世紀的藝術創作，可歸納為幾個重要的階段與主題系列：

甲、生命‧思考—早期作品（1957～1964）

從初中三年級（1957）最早的兩件油彩試作，到1964年臺灣師大藝術系畢業前夕，可視為顧重光創作生命的早期。這期間的作品，有許多是對「人」的關懷，也是對生命的思考；帶著存在主義的色彩，畫面色調較為黯淡，時常有大量的黑、紅，和金黃，給人一種神祕、遙遠的想像。代表作品，如：〈受難〉（1962）、〈遠古夜祭〉（1962）、〈長春祠的黎明〉（1963）、〈荒山之夜〉（1963）和〈浴後〉（1964）等。

創作於1962年的〈受難〉，是這個時期最具代表性的作品。當時還是臺灣師大美術系二年級的顧重光，在這件以耶穌受釘為題材的作品中，充份利用畫板本身堅實的肌理，巧妙的加入麻布裱貼，形成質感強烈的畫面，簡化了的枯瘦聖體，與十字架形成簡潔的構成；而黯沈的色彩，更突顯了金黃色調的聖潔之光與紅色的寶血聯想。

這是個多愁善感的年齡，對生命充滿省思，對歷史、現實懷抱著好奇與關懷，因此，題材多樣而廣泛，如：〈遠古夜祭〉（1962）、〈荒山之夜〉（1963）、〈長春祠的黎明〉（1963）都是帶著歷史情懷的作品，運用的手法，除油彩之外，也加入砂、明膠、裱貼紙等等媒材，顯得意象豐富而情感熱切。〈遠古夜祭〉是顧重光臺灣師大藝術系二年級暑假，和同學遠遊花蓮，徒步進入太魯閣、夜宿天祥救國團招待所，與原住民共飲米酒、唱歌舞蹈的感懷所作；畫面右方那磚紅的色面，是巨大的壺形圖騰，左方則有一膜拜的人形，這是對臺灣原始文化的關懷與敬意。隔年（1963）的〈長春祠的黎明〉，也是這趟旅程的成果：描繪梨山夜間

景色轉為日出的剎那印象，光線乍現，眾鳥初鳴，畫面中幾個長方形的背景，其實是山峰的簡化，上方的一隻黃色鳥形，有擬人化的傾向，躲在山後半遮臉的黑色太陽，更增加了神祕的意味；半山腰的黑色團塊，以及紅色符號，則是長春祠的象徵。同年（1963）的〈荒山之夜〉，可視為〈長春祠的黎明〉的姊妹作，但構圖上更為精簡集中。〈荒山之夜〉取名自俄國作曲家穆索爾斯基（Mussorgsky Modest Petrovich，1839～1881）的同名管弦樂曲。當時的顧重光購得這首曲子的一張黑膠唱片，經常聆聽；尤其在夜晚時分，樂曲中神祕的荒山夜景，月昇鳥啼、風聲與靜寂交替的旋律，化為具體的畫面，黃色的夜梟，由上方象徵夜月的大紅點，以及下方四個象徵林間營火的小紅點包圍，形成荒山中吸引人目光的焦點。

這段期間，也有一些年少青澀強說愁的作品，如〈少女的畫像〉（1963）、〈浴後〉（1964）等，都是將畫中人物，塑造成或是沈思靜坐、或是扭曲掙扎的形象；尤其〈浴後〉，幾個接近黑色的男子身影，和一些鮮明耀眼的紅色形成對比，更具一種精神的張力與悲愴的戲劇感。這或許也正是當時臺灣藝文界洋溢著一股存在主義思維的忠實映現。

1964年，〈長春祠的黎明〉獲得香港現代文學美術協會主辦的第三屆國際繪畫沙龍入選，〈荒山之夜〉更奪得銅牌獎，作品在香港大會堂展出；消息傳回臺灣，當時臺灣畫壇還沒有人知道顧重光是誰。

乙、形符‧轉換—符號抽象系列（1964～1966）

這是從1964年師大藝術系畢業前一年到1966年入伍前夕，三年間的作品，也正是顧重光和姚慶章（1941～2000）、江賢二（1942～）等同班同學人組成「年代畫會」，展現爆發、尖銳的前衛風格，被藝評家楊蔚形容為「一支尖銳的現代的箭」的一段時期。畫面構成以一種具有形符特色的寬扁墨線，採取大量的裱貼紙配合油彩創作，更加入獨創的燻煙技法，形成一種兼具朦朧與蒼勁的水墨般效果的一批創作。代表作品有：〈辛羊〉（1964）、〈龍舞〉（1964）、〈獨角人〉（1965）、〈掠〉（1965）、〈焚〉（1965）、〈域外的垣〉（1965）、

〈剝落的語言〉（1965）、〈一升弧與我〉（1965），及〈山水聯想〉系列（1966）等。

這個時期擺脫了前期少年說愁的傾向，也降低了文學敘述的成份，走向符號造型的開發，是一個以綜合媒材表現為主要手法的抽象書寫時期。1964 年的〈辛羊〉和〈龍舞〉，可以明顯窺見藝術家有意自傳統生肖文化中覓取靈感，在文字、圖象與意象中，延續之前綜合媒材的手法，開展一種純粹構成的畫面力量。強烈的斑駁之感，是一種歷史蒼桑感的延續，有上古岩壁或青銅禮器的意味；但造型的簡約、塊面，又予人以強烈的現代感受。稍後的〈獨角人〉（1965）、〈剝落的語言〉（1965），則更強化了裱貼的手法，和色彩的運用，其中〈剝落的語言〉，以撕、刮、裱、燻、拼貼等多種現代藝術的技法，來表現各種不同紙質的特色，而每一種紙上，又有多種不同的文字：中文、英文，與直、橫行的不同形式。文字乃語言的視覺化，因此取名〈剝落的語言〉，也是不同文化的融合、並呈。在這些畫面中，作者顯然既刻意且著力予對傳統文化的延續、再生與融合。他說：「我不願做傳統的看門人，但仍願做傳統的客人，我尊敬它、仰慕它，可是並非屈服於它。我們想著為它造一棟新居，成為新的形式。」[2]

也正是基於同樣的理念，顧重光也嘗試著從書法的線條和山水的構成中，尋找創作的養份，〈焚〉（1965）、〈城外的垣〉（1965）、〈一升弧與我〉（1965），均是這種思想下的產物。同年（1965）顧重光以一件名為〈掠〉的作品，在畢業展中獲得全系油畫第一名（教育廳長獎）的榮譽畢業。

在尋找新的形式語言中，除裱貼和版印的技巧之外，「燻煙」更是顧重光這個時期的重要語彙。燻煙的技巧，讓熱力十足的顧重光，得到了一種調和的中間色系，也加強了古拙、蒼樸的歷史感受。當時重要的藝術記者兼藝評家楊蔚，便稱美他是「性格暴烈的發言者」[3]，形容他的作品：「像血一般的紅，以及像石塊般的沈重，逼在人的眼前，要求承認它的地位。」[4]

1966 年，臨入伍服務前夕，顧重光又有〈山水聯想〉系列的作品，在橫長如長卷的畫面中，仍是以具形符特徵的黑色構成為主軸，結合一些較細長的實線與虛線，延展出一種具山水意境的視覺聯想。這件作品，以油彩畫布為底，上面裱褙棉紙，再以水性顏料，如：水墨、水彩等施彩，最後再加上燻煙，表現了媒材、技法的多樣化，也反映了這位年輕畫家在東西方藝術媒材與表現技法間，左右抉擇的困境與回應。

丙、圖文‧並置─油彩絹印系列（1969）

結束 1966 年年中到 1967 年年底一年半的預官役期，1968 年顧重光考入中國文化學院（今文化大學）藝術研究所當學生。緊接的一年（1969）中，緊密地創作了一批結合油彩與絹印的作品，在畫面上呈顯一些傳統版印的圖像，和文字解構後的符號加以並置，並以平塗的油彩區隔構成，顯然受到普普畫風的一定影響與啟發。代表作品，如：〈白色語言〉（1969）、〈靜寂之園〉（1969）、〈黃沙之鳳〉（1969），〈白鳥〉（1969）、〈人〉（1969）等。

原本在版畫方面便極具興趣與天份的顧重光，曾在師大藝術系展中獲得過版畫第一獎的殊榮，在之前的創作中，便不斷地運用拓印的技法，來增加畫面的質感；1969 年，先有一幅名為〈肖像 A〉的作品，以一個陰紋刻畫的女性頭像，置於畫面中央，再以藍、紅的色彩層層擴展，最外圈是一種折線圖案，下方則是一排似文似圖的黑色色塊。這種以紅、黑為主，搭配三角折線的圖案，再加上如岩雕的人頭紋，都讓人聯想起臺灣原住民的藝術。不過，這種類型的表現形式，很快地就被另一批更為規整、硬邊、圖文並置的作品所取代。首先，他將絹印版畫印刷的形象，直接變成畫面構成的一部份，同時再以油彩平塗的方式，創造了許多似字非字的符號，均整的線條，一如古代版刻的字形，尤其如隸書的字體。如：〈靜寂之園〉、〈黃沙之鳳〉，都是以雙拼的畫幅，並置傳統版畫圖像與文字符號，前者是僧人的圖像，後者是鳳鳥的圖像；前者圖像在上、文字在下，後者則文字居中、圖像置於兩側，但總之都有完全平面的色塊加以區隔或框架，形成一種左右幾乎對稱但文字符號卻又不完全對稱的微妙效果。至於〈白色的語言〉，其實就是「白色的文字」，中間稍下橫過的，是一些民間藝術中似獅似犬的動物，也是反白的處理。〈白鳥〉則倒反過來，以文字居中，區隔上下兩排似為上古原始鳥的造形，鳥的身上還有大小不一的紅點，引人更多的聯想。〈人〉一作中的人的圖像，雙手上

舉，兩側各有一龍，標舉出人的地位與重要。

在這些作品中，不論是圖像、語彙、字形的選擇，或施作技法的程序，都蘊藏了作者別具用心的考量與安排；如〈黃沙之鳳〉一作，顧重光便自我詮釋說：

「〈黃沙之鳳〉的創作，是集合了圖形與書法的形與勢，以白橙黑三色的溫暖色調呈現了豐富的訊息，白底橙色線條的木板刻出的鳳凰，是用絹印方式再現木板畫的刀刻感，再加上第二層橙色底金紅色的佛像圖案，不太明顯的表現方式是爲了將佛像形藏在紅色之中，進入到正中的上方正方形的黑底白字，有如刻印一般的反白字，但又不是一個眞的中文字，這就是只取其形。下面二排類似草書的筆勢，也是只有筆勢而沒有眞正的字，目的便是取字的勢像是草書，只有草勢，這是一個創作上的取材，也是創舉。」[5]

這是顧重光創作歷程中，個人風貌相當突顯的一個階段；尤其那些來自中國古代傳統版印作品中常見的圖像，不論是佛像、吉鳥、祥獸，或人物，搭配上「似字非字」的符號，形成一種既眞似假、既近又遠、既熟悉又陌生的曖昧感受；而這種結合民俗圖像與平塗手法的作爲，也是來自西方普普藝術影響下的一種本土現代思維表現。

丁、大塊·書寫—書法抽象系列（1969～1977）

和「油彩絹印系列」同時展開的，是另一批以油彩爲主要媒材的書法抽象系列；時間從1969年到1977年，其中又可以1973年區分爲兩個階段。

第一階段的抽象，基上本仍以符號的構成爲主軸，從1969年的〈復活〉、〈黑谷〉這些較具字形傾向的作品，轉入1970年之後，帶著流線、折線，和圓、方造形的風格，如：〈陽光之下〉（1970）、〈大地之境〉（1971）、〈不朽烈日〉（1971）、〈春山綠雲〉（1972）、〈傍水夏日〉（1972）、〈白日之焚〉（1972）、〈陽光之祭〉（1972）、〈羿射四日之後〉（1972）等等。光從作品的標題看，這些作品，結合了歷史與自然，將創作的思維，擴展到較大的時空；畫面形式，在方

/圓、線/面、虛/實的對比中，更具禪趣；顧重光是用現代的美術語言，企圖去述說許多傳統古老的故事。而1973年的〈記功碑〉一作，更在畫面正中，加入一個類似偉人銅像的圖形，背景有青、白、紅的三色邊框，讓人聯想到某些政治的意涵，但整體而言，仍以自然的回歸爲目標。

1971年間，顧重光接受媒體記者的訪問，即表示：

「人類文化的内在動力，所仰賴於地域性的自然刺激，往往超過其所仰賴於人爲的領導；就藝術而言，愈是近代的繪畫，其現象亦更爲顯著。由現代藝術中普遍具有地域的影響，即是在同一自然景觀之中的畫家，在風格上即有其共同的趨向；而回歸自然的傾向正是一個主要課題。」[6]

這顯然是顧重光心靈較爲沈靜、舒緩，且充滿喜悅、滿足的一個時期。他在1970年，獲得中國文化學院藝術研究所的碩士學位，開始受聘在醒吾商專任教，同時也完成了生命中的大事，與華裔韓僑王培華小姐結婚；隔年，愛女出生。生活的安定，也直接反映在作品的表現上。如果說這是一個揮洒中仍不脫含蓄內斂表現的時期，那麼1973年以後，則轉入一個更爲激進、奔放的時期。

1973年至1977年的第二個時期，顧重光放棄了符號的暗示與構成，進入一種純粹書寫的抽象表現，線條以一種左右運動、或四向輻射的方式構成，極具動感與力量，畫面色彩也轉爲更加豐富與強烈。而在技法上，除了仍然保留某些燻煙的技巧外，畫面不再有裱貼或拓印的手法，回到油彩本身純粹的書寫、揮洒；對黑色的執著，仍然可以看出對中國傳統的眷戀，如：〈山水（遙想范寬）〉（1973）畫面中央接近方形的造型，是對臺北故宮鎮館之寶〈谿山行旅圖〉畫面中央堂皇巨山的模擬。其他代表作品，又如：〈烈日〉（1973）、〈奔〉（1973）、〈作品1973-006〉（1973）、〈深海之遊〉（1973）、〈洶湧的潮〉（1973）、〈天之外〉（1973）、〈啓航〉（1973）、〈冬之旅〉（1974）等；到了1974年之後，色彩更爲繽紛，如：〈繽紛夏日〉（1974）、〈深海之濱〉（1974）、〈春之門〉（1975）、〈花季〉1975、〈落日河岸〉（1976）、〈暗夜抹紅〉（1976）、〈月下孤林〉（1976）、〈焚之舞〉（1976）、〈黃昏之山頂〉

（1976）、〈天外衝擊〉（1976），與〈奔騰的流〉（1977）等。

「動感」的追求與表現，是這批作品最重要的特色之一，主要是透過墨色筆觸的轉折，和色彩的噴灑、揮濺來達成；顧重光曾自我詮釋〈奔騰的流〉一作的創作說：

「動的感覺一直是抽象繪畫的主力，接近書法的黑色線條粗壯地出現在畫面上，淺米色的色塊衝向藍灰色的橫向面，它不是一張形象畫的水流，但是卻有一些色彩與形狀的衝擊。我想不一要描寫山水，但有那種趨向，所以取名叫做〈奔騰的流〉，用意在表現動感。抽象畫是最直接的、顯示情感的繪畫形式。」[7]

1970年代，顧重光已經是海外各項國際展覽的常客。為了籌備個展，也在1975年，赴美旅居將近一年時間；先在舊金山，後轉加州奧克蘭和柏克萊，之後，再前往紐約蘇活區；直到1976年年中，才由舊金山轉首爾迎接妻女及初生兒一起返回臺北。

戊、鏤刻・節慶—銅版畫系列（1977～1978）

顧重光對版畫的高度興趣與熱衷，除了經常在油彩繪畫的創作中，加入傳統木刻版畫的圖像，甚至直接拼貼，也在不同的時期，經常投入不同手法的版畫創作。1976年旅美期間，他就曾出品參加聖諾望大學舉辦的「中國現代版畫展」，而返臺後的1977年至1978年間，更有一批銅版畫的創作。

臺灣版畫創作的現代化，1958年的「中美版畫展」是一個重要的關鍵。這是臺灣版畫創作第一次脫離傳統木雕版畫寫實抒情，乃甚反共抗戰的題材，而進行純粹藝術表現的嘗試；1959年正式成立的「現代版畫會」，即追認前一年的這個展覽為第一屆現代版畫會年展。當年還在中學階段的顧重光，並未能追上這個歷史點，但父親自美國為他帶回來的版畫材料，已為他打開版畫創作的窗口。

1973年，臺灣師大藝術系學長廖修平（1936～）應邀返臺擔任母校客座教授，奔波全臺南北推動現代版畫技法與創作，熱愛版畫的顧重

光，顯然也深受這個時潮的影響；這種影響甚至可以在1974年之後的油彩創作〈繽紛夏日〉、〈深海之濱〉等作品中窺見。1975年至1976年的美國之旅，他看了美國藝壇各種先進的版畫創作手法與面貌，更吸引了他投入嘗試的企圖心。1977年返臺後，便有這批版畫作品的出現。顧重光在這個時期，暫時擱下以往木刻及絹印的技法，投入新版種—銅版畫，及新技法—「色彩漸層印刷」的嘗試。題材上，則維持一貫地對傳統文化的熱愛與創新再生的路徑；畫面構成上，也維持圖像與文字並呈的作法。如：1977年的〈福祿壽喜〉，分別以海浪對應紅聯上的「福」字，象徵福如東海；在開元通寶的下方，端置一頂官帽，暗喻升官發財；在壽桃上方，搭配以草書「壽」字，代表仙桃獻壽；在紅轎正中，貼上雙喜之字，也是吉祥大喜之意；而四幅的並置，更是這批銅印版畫的共同特色。

同年（1977）的〈東西南北〉，則以青、白（淺黃）、紅、黑為底，標示龍、虎、雀、龜四種神獸，也完全來自傳統陰陽學中，東青龍、西白虎、南朱雀、北玄武的象徵。同樣的〈梅蘭竹菊〉（1977）也是多春夏秋四季的對應。

至於1978年的〈松柏長青〉與〈富貴白頭〉，也都是民間吉祥喜慶的寓意再生。

己、重回・土地—鄉土寫實系列（1977～2013）

1977年，和銅版畫系列同時展開的，是一批以精細寫實為手法的油彩風景畫；這個系列的展開，造成了眾人對顧重光認知上的重大衝突，為何他會從以往的抽象書寫，一下子轉了一個完全180度的改變？

對於這樣一種激起臺灣現代畫壇激烈反應甚至質疑的作法，顧重光只是輕鬆地說：「走向精細寫實的路向，只不過是為了重新鍛鍊畫筆。」[8]對於「現代」與「非現代」的質疑，他則說：「『現代感』應該是個人生活經驗、知識，及環境去追求的，現代和傳統的區別，在於基本態度上的不同。」[9]

顧重光是一位頗富自信，也具機鋒的行動派畫家，他的「一意孤行」（徐悲鴻語），為他帶來

了質疑，但也爲他帶來了生機。

原來，1975 年顧重光前往美國之際，正是美國「照相寫實主義」，又稱「超寫實主義」繪畫風起雲湧的年代，許多臺灣畫家，包括他的好友姚慶章，都投入這個繪畫型式的探討。「照相寫實主義」源起於美國藝術家對高度都會化城市的反省，以巨大的畫幅、絕對精細的手法，捕捉都會中玻璃大廈的反光與冰冷；爲了追求那種完全機械化、沒有人性的感覺，有的藝術家甚至放棄對畫筆的使用，而採取「噴槍」的作畫方式。

另一方面，在臺灣本地畫壇，自 1971 年因美國懷鄉寫實畫家安德魯・魏斯（Andrew Weyth, 1917-2009）影響而展開的鄉土寫實風潮，在 1977 年間，也形成高峰；生性敏銳、對各種文化、乃至各式繪畫媒材、形式、手法，均抱持高度興趣與開放態度的顧重光，也在此時，重回土地，進行大批鄉土寫實系列的創作。

1977 年的〈有磚屋的春天〉，描繪的是一座矗立在綠草包圍中的古老磚屋。藝術家以極大的耐心，仔細描繪那些磚牆的結構與色彩，幾乎是一磚一磚仔細砌成，而搭配前方的草地，幾乎也是一筆一草地仔細畫成。

相對於此前大筆揮灑的書法抽象系列，這個時期的顧重光，幾乎是以苦行僧般的耐心與定力來完成這批作品。題材上，相對於美國超寫實畫家都會大廈的冷陌，顧重光尋找、捕捉的，是鄉土、古老、溫暖的老屋。從臺北近郊的〈松山農家與水田〉（1977）、〈林安泰古厝〉（1979～1995），到〈金門古厝〉（1971），尤其是澎湖充滿自然樸實風味的咾咕石牆：〈漁夫之家〉（1981）、〈澎湖民家〉（1981）、〈澎湖古厝的變遷〉（1982）、〈日光照在家門口〉（1983）、〈豐收〉（1983）、〈禮門義路〉（1983），乃至古老的媽祖廟頂的飛簷與琉璃：〈澎湖天后宮仰望〉（1981），以及蔚藍海岸白沙上橫斜的小船：〈澎湖船家〉（1993），再回到臺北的〈淡水街景〉（1983）……，顧重光幾乎在一筆一劃的捕捉中，重溫了土地的溫熱與歷史的情感。他說：

「典型的閩南式民居建築最有趣的是牆頭上的花磚，有鏤空的透氣透光功用，也讓牆面上的磚層次分明，門內的空地洒了一地的陽光，門內所曬的衣服、被單及乘涼的藤椅，明白地表現了庶民生活的情形，門口放置的木板及養雞的籠子與石塊牆及白粉牆，混合成美麗的肌理。」[10]

這是對〈日光照在家門口〉（1983）一作的詮釋，而畫面也是如此這般地將曾被日本建築學者稱美爲「楚楚可憐又燦爛」的澎湖古厝[11]，做了最忠實而完美的捕捉與呈現。

這類對鄉土風景的描繪，從 1977 年展開，持續發展，到了 2009 年又有〈鼓浪嶼晨景〉，2013 年則有〈臺南後壁菁寮義昌輾米廠〉、〈臺南靖波門（小西門）〉（位在成大校園），及〈馬祖東引中柱島鎖波塊〉等，可以看出顧重光對鄉土定義的開闊，及關懷焦點的轉移。

庚、精細・寫實－花果瓷盤系列（1977～2015）

同樣採取精細寫實手法，卻帶給人們更爲巨大震撼的，是一批花果瓷盤系列的作品；這些作品，1979 年首次在臺北前鋒畫廊、顧重光的第十三次展中批露，持續至 2015 年仍未中斷。

在鄉土寫實系列中，人們固然驚訝於畫家對各種建築媒材精細而忠實的描繪，但整體的印象，仍集中在景物所傳達的自然美感與生活情調，乃至歷史遺痕；但在花果瓷盤系列中，由於尺幅的巨大，尤其是超越真實物體的巨大，加上背景處理的或是全白、或是全黑，以及精緻安排的構圖與光影變化，帶給人們的，已不再是擬真的「寫實」，反而是一種「抽象」的美感與視覺的衝擊。

從 1977 年展開的「花果瓷盤系列」，大抵可歸納爲三個主要類型：一是純粹的花果瓷盤，起自 1977 年；一是迷彩水果與瓷盤，起自 1986 年；一是背景加上金箔的花果瓷盤，起自 2010 年。

1977 年展開的純粹的花果瓷盤，起初是以水彩爲媒材，大抵至 1981 年之後，才改採油彩顏料。在這些以水果爲主，特別是以青花瓷盤搭配的作品中，顧重光表達了自然與人文的對照，水果和花卉的鮮艷、易腐，對照瓷盤的古老、永恆。他和一般照相寫實畫家一樣，藉助相片將實物放大，但不同於其他超寫實畫家的如實描繪，他是經由主

觀的構圖、篩選，略去背景，且將花、瓷盤進行有意識的排列或特寫，再凸顯出這些花果、瓷盤的光影變化，以極細緻的小楷狼毫筆，探中國傳統工筆畫中如「胡椒點」的手法，仔細地描畫出幾乎是一般肉眼無法辨識、發現的物象色澤變化；由於是極度的精細、深入，就如現代電腦將圖像無限放大的結果，反而不再「寫實」，而進入動人的「抽象」層次。這種極費功夫的手法，有些作品的完成，竟達近 10 年之久，如〈夏日草莓〉（1985～1995）即是：那些放置在玻璃水果盤中的草莓，夾雜著一些冰塊，冰塊與玻璃水果盤的透明感，對照草莓紅艷欲滴的色彩，再搭配草莓梗上幾乎可以感受到的微細毛茸觸感，幾乎把夏日冰涼的感覺，無遺地凍結在畫面之上。而幾幅有著青花陶碗或陶盤的作品，幾乎透過陶碗盤上青花紋飾的古老質感，傳達了豐美的歷史滄桑與人文溫度：如：〈青蘋果〉（1981）、〈蘋果雙魚盤〉（1991）。另有一些完全以青花陶盤為主體的作品，在畫面中，除了盤面光影的強烈對照外，橫過盤面的一些白色細線，其實是展示時，安全考量的尼龍細線，反而增加了作品抽象的美感，也凸顯了作者精細的描繪手法。至於 1984 年創作、現藏臺南市勞工中心的一幅〈和諧〉，以大量的花果並置，中間藏著一個裝有紅柿的瓷盤，全作高 200 公分，橫長 500 公分，更是巨幅的視覺震撼。

1986 年間，顧重光展開另一批「迷彩」水果的創作。生性活潑、外向的顧重光，早在 1980 年代初期，即迷上迷彩圖形，不僅穿著迷彩裝，連用具也畫滿了迷彩；1986 年間，更將迷彩融入了花果瓷盤系列的創作，使原本就充滿抽象思維的超寫實創作，進入一個更為「超現實」的境界，穿越於真實與虛幻的兩極。

1986 年的〈迷彩柿子〉，除了將九個柿子穿上迷彩妝，在構圖上，更排列成規整的九宮格形式，探由上向下的俯視角度，九個柿子都是正向排列，只有中間一個是反向放置，底部朝上，形成有趣的對比。此外，顧重光還充份運用顏料特性，將迷彩的色澤，畫出金屬般的質感；而各個柿子間的陰影，顯然也是一種人工多重投射燈下的結果。這件作品曾參展 2003 年臺北國際珠寶展，並由廠商製作一批寶石製成的彩色柿子同步展出。

同年（1986）的另一件〈迷彩葡萄與魚盤〉，則將迷彩裝套到一串葡萄身上，搭配一個也是披有迷彩的古老魚紋瓷盤。什麼是寫實？什麼是抽象？顧重光再一次用作品巧妙地挑戰了觀眾的眼睛與思維。

新世紀的 2010 年之後，顧重光的花果瓷盤系列開始出現金箔的使用，或是用在畫作的上下邊框、或是用在背景的處理。金箔的使用，增加了畫作古典的莊嚴美感，具有宗教般的神聖性；但並置的絕對精細的花果、器皿，又是如此的生活化。顧重光穿越神聖與俗化兩極的創作思維，在此又獲得一場榮光的勝利。

辛、穿越‧時光－拼貼系列（1987～2001）

做為一個藝術家，顧重光幾乎是多種媒材、多種風格、多種技法交替進行探索的冒險者；參雜在精細寫實的鄉土油畫和花果瓷盤系列間，從 1987 年到 2001 年，又有一批以韓紙裱貼結合彩墨的作品，取材古文明的卜辭、簡牘，乃至歷史文書等等，成為穿越時光的「拼貼系列」。

先是在 1985 年，即有〈塗鴉〉一作，以紙上壓克力彩，進行一種色彩與線條的自由結構，在同時進行精細寫實的創作期間，這件作品顯然有自我放鬆、平衡心理的意義。到了 1987 年，則正式進入畫布裱貼宣、棉紙，再加入彩墨書寫文字的系列。〈卜辭大吉〉（1987）可以看到以色彩深淺不一的黃白色系宣紙，採條狀的方式，裱貼在畫布上，中間兩條黑色的紙張，則以如印泥的紅色，仿作骨甲上的文字；〈卜辭大吉〉即暗喻著對國家命運的祈願。同年（1987）的〈簡牘紀事〉，則以更簡潔的條狀裱貼，在某些邊緣的區塊，橫寫古代簡牘上的紀事文字，引人發思古之幽情。〈子孫寶用〉（1987）則是在畫面上加入上方的魚形，與下方的三個山形，意喻「有餘」及「有土」的吉祥祝願；至於中間的黑色菱形，上書「子子孫孫永寶用」等幾個紅色金文，則是取自中國商周銅器的銘文，襯托下方若有若無的簡牘文字，深具東方的古文明趣味。

1988 年 8 月，顧重光基於對古文明的好奇，首次參加中國美術家六十多人組成的絲路考察團，以 3 個月的時間，作了長途的絲路采風之旅；從新

疆的烏魯木齊出發，向東到敦煌，向南到喀什噶爾，向西到庫車，向北到伊犁，這是一趟真正的萬里大漠行，也再度激化了顧重光創作的靈感，運用大漠簡牘內容，創作了一批拼貼之作。

到了1995年間，開始在拼貼作品的四個邊框，裱貼上一些民間版印的圖像，如〈永字八法〉（1995），畫面內容有書法「永」字和黑色扇形，並搭配深淺不一的墨色團塊，是對中國書法藝術的一種歌讚。〈遠古先民〉（1995），則是加入一些史前壁畫的圖形，那是來自新疆阿爾泰地區的岩畫圖像；此外，〈明鄭復臺受降書〉（1995）和〈明鄭復臺之戰〉（1996），已經將關懷的角度，延伸到臺灣史的範圍，也加入絹印的手法。以木刻年畫切割成條狀裱貼成邊框的作法，甚至持續到2001年的〈日月共鳴〉，在畫面上左右兩邊上方，以象形文字的「日」、「月」兩字，對比下方猶如山峰的墨韻，都不離對歷史、文明、文字、語言、民俗……的全面關懷。

2001年的拼貼系列，回到較單純的彩墨與韓紙裱貼的手法，畫面除抽象的形、線外，也不時出現一些雁鳥、漢簡、狼煙、白鴿、石人……等等的圖像，這都是藝術家多次出入西北大漠擷取的靈感；其中〈草原石人與白鴿〉（2001）一作，將新疆北部草原上矗立的墓前石人，和飛翔的白鴿並置，一黑一白、一穩重一輕靈、一古遠一當下，也是種種兩極思維的並置表現；黑色裱紙上方所畫，除中間的人頭形外，兩邊分別為「執杯」與「持劍」的雙手速寫。

壬、西域‧風雲－絲路系列（1989～2015）

從1988年8月的首次進入新疆，此後的二十餘年間，顧重光頻繁前往西北大漠，次數不下一、二十次，沿途除以人類學田野調查筆記般的手法留下大批彩墨裱貼的作品外，更透過相機的記錄，在返臺後，以精細寫實的手法，創作了大批描繪當地民情風俗的精采油畫。

1989年完成的〈牧羊女〉，正是首次之旅的成果。顧重光在庫車古城參觀巴札市集時，在羊群中發現這位牧羊女的身影，取得照片後，巧妙地取捨周邊的配景，定出了構圖，以近景特寫的方式，凸顯了這位女孩的位置，在羊群環繞之間，頭包大紅花布頭巾的女孩，正專心地將手上的青草，餵食身前的白羊；父親雙手放在背後的堅毅半截身影，更對比出女孩的柔美，正所謂「認真的女孩最美麗」，這是大漠草原最美麗的牧歌。庫車是古代龜茲國的首府，也是聖僧鳩摩羅什的出生地。

完成於同年（1989）的〈帕米爾駝鈴〉，也是首次之旅的成果，以廣闊的大漠荒野為背景，旅人正牽著三匹駝著行李的駱駝前進，長長的陰影在人和駱駝的腳下，應已是太陽西沈的時刻，熱氣未散，明亮的背景，頗有刺人眼睛的炙熱感。

同樣的題材，到了2003年，再被畫成〈黃沙明駝〉一作，拉近了鏡頭，也凸顯出地面礫石的描繪。

人群聚集的寺廟廣場或市集，都是藝術家有興趣的描繪題材，〈喀什艾提朵清真寺〉（1991）、〈喀什噶爾讚歌〉（1992）、〈大西北市集〉（1992），乃至1999年的〈二道橋烤肉子攤子〉，都可以看出顧重光對不同族群生活文化的高度關懷與興趣。而1992年的〈艾特萊斯綢上的葡萄〉和1993年的〈盛夏梵音（眺望敦煌大寺）〉，則可以看出他對當地物產的關注與觀察，包括那些繽紛色彩與繁複圖案的綢子，以及葡萄、太陽花……等等農作物。

21世紀之後的描繪，漸趨冷靜，如2003年的〈那拉提清泉〉，採由室內往窗外眺望的角度；〈伊犁塞里木湖畔牧場〉（2008）和〈天山下哈薩克村莊〉（2013），也都採取較遠觀的視野，呈現一種平和、寧靜的氛圍。而2015年的〈庫車巴札牧民與駱駝〉，雖然還是取較近景的牧民生活，但色彩也顯然柔和許多。

取材自西域的作品，除這些精細寫實的油畫外，也有一些以圖像拼貼的手法表現的油彩作品；而這些作品又以2003年的〈敦煌莫高窟千佛〉區隔為兩種類型：1992年的〈西域行〉系列，包括：〈西域行Ⅰ〉、〈西域行Ⅱ〉，和1994年的〈西域行（絲路故事）〉，都是以片斷的寫實圖像，並置在畫面上，形成一種組合式的構成，一如電影手法中的蒙太奇。到了2003年的〈敦煌莫高窟千佛〉，則是以規整的幾何排列方式，將端坐壁龕中的佛像，以寫意的手法，佈滿整個畫面，沒有透

視，沒有空間，趨向一種平面化的表現；此後的〈克孜爾飛天菩薩〉（2004）、〈草原金獅之五星由東方利中國錦〉（2011），以及〈草原金虎之王侯金婚千秋萬歲宜子孫錦〉（2011）、〈白山黑水金鳥之韓侃吳牟錦〉（2011）等，都是以古代特殊的文物為對象，形成一種裝飾化的平面表現。

癸、兩極‧合一──對位系列（1997～2015）

在各種媒材、技法、風格交錯發展中，在1997年，顧重光的創作有了一個新的系列正在形成，那便是將抽象與寫實並置、將自然與人文並置、將文人與民俗並置、將多彩與水墨並置、將版畫與油畫並置、將東方與西方並置的「對位」系列。

先是1997年的〈畫葡萄與玫瑰的方法〉，以精細寫實的手法，將葡萄（包括白葡萄與紅葡萄）和玫瑰花，硬嵌進猶如水果盒的幾何圖形分割中，四邊再以完全平面的黃、白色塊圍住，形成一種寫實與抽象、自然與人工並置的奇特構成。同年（1997）的〈柿子的對位〉，則是將精細寫、紅橙橙柿子，分割處理，和一些黑白如水墨，一字排開的柿子並置；而這些黑白如水墨的柿子，正是中國宋代畫家牧谿（約1210～約1270）現藏日本龍光寺、著名禪畫〈六柿圖〉的摹寫。取形與取神的柿畫並置、現實與歷史的並置、彩色與黑白的並置，顧重光高度綜合、兩極合一的藝術特質，在此得到完全的發揮。類似的作品，又有〈石榴的對位〉（1997）、〈兩種柿子的畫法〉（1998）等。

1998年，又將木刻版畫加入畫面，如〈黃金萬兩、滿載而歸〉，及1999年以後的〈新年柿〉（1999）、〈四季〉（1999）、〈東西方的探索Ⅰ〉（2001）、〈東西方的探索Ⅱ〉、〈山水新年畫〉（2001），以及2007年的〈牡丹的對位〉等。

「對位」系列，是顧重光所有系列作品中最晚形成，卻也是最具個人特色和發展潛力的系列，具體呈顯顧重光藝術思想多元並置、兩極合一的特質。

結論

在戰後臺灣美術史，顧重光並不是一個西方畫派的倡導先驅，在抽象繪畫如此，在超寫實繪畫也是如此；但他總是一個既能敞開心胸、不斷吸納，又能在吸納中不斷反省、不斷思考、不斷超越，又不斷意圖融和的嚴肅藝術家。

在抽象繪畫的時期，他嘗試在形符轉換與大塊書寫中取得協調，在一般筆觸揮灑的視覺動感中，意圖融入文字形意符號的深沈意涵，他曾在1972年的訪問中表示：

「中西藝術有其衝突性，如何將中國傳統的書法放在西方藝術內呢？唯一的方式，是把書法的字形整個破壞，而學習書法原有的神韻和氣氛；這樣，材料是西方的，字的形象在破壞後產生整體性的作用，便易使東西方藝術的優點溶合在一起。」[12]

即使後來轉入「超寫實繪畫」的探討，他也始終不以「超寫實主義畫家」或「新寫實繪畫」自居。他曾說：「我不承認是新寫實，一點和一筆都由抽象轉換而成，只能說我利用中國的點、線，以油畫方式來表現。」[13]

1983年間，顧重光曾回應記者的詢問，仔細地分析了超寫實主義繪畫的精神與意義：

「顧重光指出：普普藝術在許多方面，可說是對超寫實主義的誕生影響很大。

普普藝術家認為：現代人生活在大量生產與大眾傳播的社會環境中，藝術家應該要描繪時代精神，不能從生活環境中退卻。於是，第一，從大量生產的消費商品、超級市場、工業產品的汽車等尋找藝術的題材。第二，我們所生活的環境，既然是大眾傳播瀰漫的世界，例如電視與電影的廣告、畫冊與畫片、霓虹燈與招牌等，是都市人天天所接觸到的視覺現象，那麼把這一種視覺現象表現出來，豈不是能代表現代人的生活？於是，普普藝術家紛紛邁向大眾文化的描寫。

向日常生活的工商文明進軍，把大眾傳播的現成視象，做為繪畫的形象予以描寫，普普藝術的這兩大手法，就由超寫實主義來繼承。再者，超寫實主義也向『最低限藝術』學到了最新的藝術哲學，那就是每一物體都有其固有的形色之美，藝術家千萬不能支配它，

唯有客觀而毫不具個性的把它表現出來，才能聆聽其真音。反之，若藝術家加上了主觀的感覺及感性，則這一件事物就越遠離其真實性。」[14]

顧重光又舉超寫實主義代表性畫家馬丁（Richard Martin）的話補充說：

「馬丁是超寫實主義的畫家，又是該主義的有力發言人。在 1974 年的超寫實主義的美展目錄上，如此寫道：『雖然普普藝術和超寫實主義，都藉用照片等現成視象，然而兩者之差異，在於普普藝術仍用主觀的手法解說它：與此較之，超寫實主義是把人置於照相機的視線下，只是很客觀的把物之影像呈現出來。』從文藝復興以後所謂『寫實繪畫』，嚴格來說，它是一種人文的『寫實主義』。當藝術家面對觀眾時，往往把他的感情投入，然後再把已經感情投入之對象，描繪在畫面上。

這一種寫實，與其說是客觀的寫實，還不如說是『主觀的寫實』或『人文的寫實』較來得恰當。哲學告訴我們：若一個物體注入太多的解釋和感情時，則會越遠離它的真性。反之，拋開主觀，跟它保持一段距離時，該物之真性才能顯露，同時人們也較能把握得到其真實。也就是離開得最遠，乃是最接近的大道理。

超寫實主義利用照片或照相機的理由乃是，藉用照相機客觀、正確、仔細的眼光，來捕捉對象之形象，而把此二度平面上之形象，再客觀的製作到二度平面的畫布上。故表面上的種種形象，與其說敘述對象，換言之，超寫實主義是把對象之形象很客觀、正確再介紹出來，可以說是一種『存在的寫實』。」[15]

從上引這些訪談內容可以瞭解顧重光對「超寫實主義」繪畫或「新寫實繪畫」的深入瞭解與掌握；然而從顧重光長期以來的作品檢視，顧重光顯然並不以成為超寫實主義「存在的寫實」的繼承人自居，在相當程度上，顧重光反而是有意地將這「存在的寫實」，與「人文的寫實」或「主觀的寫實」進行融和、並置，進而成就了他個人獨特的風格和語言，也正是為何顧重光從不自認是「超寫實主義畫家」的原因。

顧重光的一生，創作上不拘於一個固定的媒材、技法和風格，在看來熱情洋溢、感性十足的外表下，其實是具有極冷靜、理性的思維；他的創作，就像一種科學的實驗與研究，吸納萬川、穿越兩極，就希望贏得一個足供「子孫永寶用」的經驗。

在行動上，顧重光也是一個既富行動力，又具領導能力與魅力的藝術家，在 1980 年代之後的臺灣現代畫壇，他成功地扮演了海外交流的領導人角色，是一個心存傳統、瞻望未來、行動前衛的藝壇大乘行者。

註釋

1. 楊蔚〈一支尖銳的現代的箭〉，《聯合報》，1965.1.22，臺北。
2. 何恭上〈為傳統造新居的顧重光〉，《自由青年》，1964.2.16，臺北。
3. 楊蔚〈性格暴烈的發言者〉，《聯合報》，1966，臺北。
4. 同上註。
5. 《新寫實精神·顧重光油畫集》，頁 21，正因文化，2008.6 臺北。
6. 〈回歸自然尋求自我，談青年畫家顧重光的繪畫〉，《大眾日報》，1971.1.10，臺北。
7. 《臺灣名家美術 100：顧重光》，頁 26，臺北：香柏樹文化科技，2010.10，臺北。
8. 陳長華〈顧重光不放棄水果題材〉，《聯合報》，1981.12.29，臺北。
9. 丁琬〈回歸寫實抓生活，畫家顧重光再出發〉，《自由晚報》，1979.8.10，臺北。
10. 見前揭《臺灣名家美術 100：顧重光》，頁 32。
11. 參見藤島亥治郎《臺灣的建築》，原刊 1947年，1993 年詹慧玲編校，臺原出版社，臺北。
12. 戴獨行〈調和色彩間的衝突，顧重光「燻」畫〉，《聯合報》，1972.6.16，臺北。
13. 林淑蘭〈顧重光展油畫近作，使用圖章寫實手法〉，《中央日報》，1980.11.16，臺北。
14. 程榕寧〈搶照片的風采！顧重光的寫實主義繪畫〉，《大華晚報》，1983.11.20，臺北。
15. 同上註。

顧重光新寫實的跨文化現代性

■ 曾長生／藝術評論博士、臺灣美術院院士

顧重光是一位早熟型藝術家，六○年代追求油畫技巧上的創新，以西畫材料來表現中國的書法，「燻煙」是他這個時期的重要語彙。七○年代「照相寫實主義」出現，將青花陶盤、水果、花卉放大，再以細膩的油畫技巧表現其堅硬、平順、光滑且巨細靡遺的面相。近期則開發新的材料，運用複製與裱貼的技法，在創作手法與表現風格上多元並進，造就許多別具風格的作品。顧重光多年來並於中國絲路創作的風貌，呈現繪畫與絲路文化交匯的東方風華。

一九八三年傅柯在法蘭西學院的演講〈何謂蒙〉（Qu'est ce que les lumières）中，他援引波特萊爾《現代生活的畫家》之見解來定義現代性。傅柯並對照現代主義其中的兩種漫遊者，一是身處於時代流變中卻毫不自知，一則在歷史變遷時刻充分自覺地面對自己的任務。身為現代主義者，不是接受自己在時間流逝中隨波逐流，而是把自己看成是必須苦心經營的對象。傅柯此處是說，對波特萊爾而言，身為現代主義者，需要一種「修道性的自我苦心經營」。傅柯透過閱讀康德文章，他發現現代性不只是個人與當下的一種關係模式，更是在面對當下時，個人應當與自己建立的一種關係模式。

檢視顧重光的藝術演化，他又是如何自覺地面對自己尋求創造性轉化，而從學院藝術走出自己的風骨？

一、現代性的風骨是一種自我的苦心經營

傅柯認為現代性是一種態度（attitude），或是一種風骨（ethos）。現代性是：與當下現實連接的模式，是某些人的自覺性選擇，更是一種思考及感覺的方式，也是一種行事及行為的方式，突顯了個人的歸屬。現代性本身就是一種任務（une tâche; a task）。這種風骨即現代主義者自覺性的選擇（un choix volontaire），使他自己與當下現實（actualité）產生連結。諸如「自覺性的選擇」、「自我的苦心經營」（the elaboration of the self）、及「自我技藝」（technologies of the self）等表述方式，是一九七○、八○年代傅柯的法蘭西學院講座所反覆演繹的概念，也是理解他的權力關係理論的關鍵。

1、美麗人生：雙親支持與名師指導（1957～1963）

顧重光，祖籍江蘇省阜寧縣，生於1943年的四川重慶，1949年之後隨父母來臺，定居臺北市，父親於師大衛教系任教，母親則在內政部服務，對孩子的教育態度一向給予尊重。初中三年級時，顧重光因參加校內的木刻版畫研究班，從方向教授開始學習版畫的技巧，同時進入馬白水的畫室學習素描與水彩畫，在藝術的領域逐漸培養出濃厚的興趣。

當時，學習美術的風氣與價值認同並不普及，雙親仍給予顧重光全力的支持，顧父從海外學成歸國時，還為他帶回大量的繪畫材料，對他來說，無疑是莫大的鼓舞，展開生平第一次的油畫創作。隨著志趣，以踏實穩健的腳步往前邁進，歷經臺灣師範大學美術系、文化大學藝術研究所的鍛鍊，顧重光的中西繪畫根基深厚，藝術造詣不斷提升，至今享譽國內外藝壇，實至名歸。

學習歷程中，顧重光受到諸多名師的指導，例如金勤伯、陳慧坤、林玉山、李石樵、馬白水、廖繼春及李澤藩等諸位先進的薰陶，不僅讓他汲取東方藝術的涵養，且鍛鍊了西方繪畫寫實造形的能

力。雖然他以西方媒材從事藝術上的創作，思唯觀卻很東方、平易近人。顧重光談起求學時代，有一次上廖繼春老師的油畫課，那堂課是靜物寫生，廖老師平日鮮少為學生修改畫作，但他深為無法突破瓶頸而苦惱，於是鼓起勇氣請老師修改，沒想到老師簡單的一筆，就點出了問題的端倪，讓他深感實力的重要，尤其是細微的洞察力，領悟到任何學問都應該秉持「差之毫釐，失之千里」的嚴謹態度，影響他後來在寫實期的創作表現。

為了學習更多的技法，顧重光時常前往李石樵老師的畫室。有一次李老師以閩南語半開玩笑地說：「你們看我每天在畫室裡花許多時間畫畫，其實我是在畫布上一直慢慢地『堆砌』。」顧重光覺得用閩南話「堆砌」一詞來形容繪畫過程非常傳神，因為油畫不只是刷過一層痕跡，必須透過畫筆一層一層地上顏料，逐步分出層次。這樣的啟發不僅是藝術上的指導。更讓人體悟出繪畫的感動，來自日日的精進與情感沉澱後的累積，促使他燃起高度的熱忱與敬業精神。

2、年代畫會：一支尖銳的現代的箭

1964 年代畫會成立，由姚慶章、江賢二、顧重光組成。根據姚慶章說，年代畫會的成立是由他與江賢二發起的，命名也是兩人商定後才找顧重光加入。該年，年代畫展第一屆展出於新公園省立博物館，展出者是姚慶章、江賢二、顧重光，展出的風格是抽象表現派。這個畫展堪稱是臺灣最後一個最有力的抽象畫展，自此以後，臺灣的抽象畫就不再成為藝術運動。

一九六〇年代中期以來，顧重光便是臺灣現代畫壇受矚目的重要參與者，從學生時期帶著強烈存在主義色彩的半抽象作品，到一九七七年之前，他以一種奔放、狂飆的抽象風格，被稱為「一支尖銳的現代的箭」，衝擊著現代畫壇一雙雙注目凝視的眼睛。之後，他大幅度的轉向精細寫實的路向，更引發畫壇極大的爭議與質疑。

顧重光特立獨行、勇往直前的藝術思維與行動，迄今仍是現代畫壇爭辯、討論的議題。在「變」與「不變」之間，顧重光拋出了一個極端的案例；在「現代」與「非現代」之間，顧重光也丟下了一個個引發思考的問號，挑戰著畫壇固定而保守的思維。

3、1964～1977 的創作

顧重光 1964～1977 的創作，大致可以歸納為如下幾個時期：

一九六四年以前的半抽象時期。作品中有許多是對人的關心，帶著存在主義的色彩，畫面色調較為黯淡，時常有大量的黑、紅，和金黃，給人一種神秘、遙遠的想像。

一九六五年至一九六八年，是一個以綜合媒材表現為手法的抽象時期。除了採取大量的裱貼紙配合油彩創作外，更加入獨創的燻煙技法，形成一種朦朧、蒼樸如水墨般的效果。

一九六九年至一九七二年的符號抽象時期。首先是集中在一九六九年的一批結合絹印與油彩的作品，在畫面上呈顯一些傳統版印的圖像，和一些文字般的非文字符號加以並置，並以平塗的色彩區隔構成，顯然受到普普畫風的一定影響與啟發。

一九七三年至一九七七年的書寫抽象時期。這個時期的作品，放棄符號的暗示與構成，採取強勁激動的直線書寫，造成一種極具動感與力量的抽象構成。

二、從生活中尋找歷史的詩意

根據傅柯的說法，現代主義者波特萊爾不是個單純的漫遊者，他不僅是「捕捉住稍縱即逝、處處驚奇的當下」，也不僅是「滿足於睜眼觀看，儲藏記憶」。反之，現代主義者總是孜孜矻矻尋尋覓覓：比起單純的漫遊者，他有一個更崇高的目的……他尋覓的是一種特質，姑且稱之為「現代性」。他一心一意在生活中尋找歷史的詩意。傅柯認為現代主義者的要務是從生活中提煉出詩意，也就是將生活轉化為詩。這便是他所謂的「生活中尋找歷史的詩意」。

1、東方精神護旗手

我們可以從顧重光五十年來的創作生涯裏，很清楚的瞭解，他詮釋藝術的中心，即是呈現「東方的、中國的人文精神以及性靈體驗在現代文明、形式中的領悟；他為此理想，付出全生命的執著。

一九四三年出生於重慶的顧重光，成長於臺灣，一九五七年開始啟蒙，於一九六四年首次獲

獎，展露頭角時以抽象風格，傳達粗獷、疾寥，富東方思維意境之作品，為其創作第一階段的高峰，反映了臺灣現代藝術啓蒙六〇年代苦澀與思愁的時代氣質。之後長達十多年的東方式書法抽象表現繪畫，以強捍、爆發、衝鋒的意圖，進行現代的發揮，是其創作第二階段中針對東方式體驗形式，所提出的說服力，應可稱為本系統體系的終結者，因七〇年中以後臺灣抽象藝術工作者，所注目的焦點幾乎均以抽象探索的中心為主了。

顧重光從東方的「幽情」，走過東方的「欲望」，安排東方的「鄙視」，最後進入東方的「並融」；一路走來形式風格多樣，但終其心志忠貞於東方中國的心靈，盡力提升臺灣現代藝術的深度，絕對夠量擁有「東方精神護旗手」的號稱。

1965 年，顧重光大學畢業，臺灣的藝術發展正值萌芽期，資訊並不普及。他努力學習外語，以便接觸西方藝術，也因而使他比一般藝術工作者更早開拓視野。具備寬廣的世界觀之後，受到西方抽象表現主義風潮的影響，他早期的創作是以抽象的形式來探索自我的藝術表現，並嘗試摻用許多自動性技法，例如燻煙、拓印、貼裱、版畫技術、刮等方式，特別是燻煙的技巧相當少見，可以巧妙地呈現灰色的中間調子，有如東方水墨畫般的氣韻生動。

2、以日常生活中的景物就地取材

顧重光的畫，形式雖然是西方的，創作的情愫卻是東方精神的再現，從造形、書寫的線條到色彩的配置，無不耐人尋味且引發聯想。我們該如何欣賞抽象畫？顧重光引用西方評論家的一句話作為註解：「只要有和這張畫生活在一起的感覺就夠了。」說明了藝術家的作品是融入生活的，若觀賞者能從自身的生活經驗來解讀畫面，就會產生親近的聯想，如同生活裡最自然的一部分。

對於藝術各種時期的形成，顧重光談到：「一個藝術的醞釀，必然會經歷許多嘗試，伴隨著生活經驗而產生不同風格的轉變，與日常生活息息相關。如同每個人都有各自偏好的音樂或飲食，從事藝術的創作，除了個人的喜好，同樣會受到世界各個潮流與臺灣整體藝術發展的影響，從而作出某種程度的調整，從中尋找出最適合自己的表現，然後樹立起自我的風格。」

從 1977 年至今，顧重光的創作從「抽象表現」跨越到「新寫實主義」的歷程，風格轉變的落差極大，是他歷經了無數的挫折與瓶頸所跨越出來的。他深入抽象繪畫的大本營，一趟美國之行的沉澱後，領悟出東方藝術家應保有東方的特質，發現中國藝術是寫實與抽象並行，於是他回歸到具象寫實的創作領域，開始尋找一些關注的題材，從日常生活裡選擇想要表現的物質，寫實地顯現於畫布上，因而孕育了「新寫實主義」的畫風。

這段時期，顧重光偏愛人文關懷的探索。1987 年，臺灣開放大陸探親與觀光，他對於邊疆的民族始終懷著特殊的情感與好奇，克服了交通的種種障礙，在旅程艱辛的狀況下，完成了八次的絲路考察。他對新疆地區維吾爾族的風俗民情體會最深，該地區與漢族的生活習俗截然不同，他身歷其境後深獲啓發，創作出與往昔風格迥然不同的「絲路之旅」系列作品，令人耳目一新。

顧重光另一部分的創作，則以日常生活中的景物就地取材，好比水果、花卉、古容器及鄉野的景色等題材入畫。他以新舊事物的交替、中西合璧的理念出發，展開對生命意義的探索，即使是一個看似平凡的靜物，透過藝術家的眼睛，觀者也能一同參與萬物造化瞬息轉變的歷程，彷如一台照相機所拍下瞬間凝聚的眞實畫面，暗示著對存在事物的思維與關心，畫家細膩的筆調中，以深刻的情感描繪出平凡事物中所能看見的不平凡，寓意深遠。

三、超越傳統形制以尋求創造性轉化

一個藝術家如何可能同時既尊重又挑戰現實？根據傅柯的說法，透過自由實踐，人可察覺限制所在，並得知可僭越的程度。他用「界限態度」（une attitude limite, or“a limit attitute”）一詞，來進一步闡釋他所謂的「現代性的態度」：這種哲學的風骨，可視為一種界限態度……我們必須超越內／外之分，我們必須時時處於尖端……簡而言之，重點在於將批判理論中必要的限制性，轉化為一種可能進行踰越的批判實踐。傅柯心目中的現代主義者，雖被限制所束縛，但卻迫不及待地追尋自由；他自知身處於尖端，隨時準備踰越界限。再者，

這種歷史批判的態度，必須是一種實驗性態度。

顧重光的畫，雖然形式是西方的，但創作的情愫卻是東方精神的再現，從造形、書寫的線條到色彩的配置，無不耐人尋味且引發聯想。顧重光的創作從「抽象表現」跨越到「新寫實主義」，這種極大風格轉變，是他歷經了無數的挫折與瓶頸所跨越出來的，一方面從深入抽象繪畫大本營的美國之行的沉澱，領悟出東方藝術家應保有東方的特質，他發現中國藝術是寫實與抽象並行，於是又回歸到具象寫實的創作領域。

1、由抽象轉往具象（1978～1996）

如果翻開顧重光的創作歷程，一定會好奇他從前創作的抽象作品與他現在的精密寫實油畫，呈現兩種截然不同的感覺。過往臺灣藝壇對他已具備成熟的抽象表現技法與風格突然改成寫實具象畫，深感不解。其實，與其說是顧重光的善變，倒不妨說他天生所具備的敏銳觀察特質，就如「現代」與「非現代」的質疑，顧重光認為：「『現代感』應該是個人生活經驗、知識，及環境去追求的，現代和傳統的區別，在於基本態度上的不同。」

顧重光認為寫實繪畫非常不容易，異於抽象創作的易沉浸自我世界。寫實畫家必須不斷苦練、累積，功力才能突出，尤其是新寫實主義，不同於舊寫實，乃在於「將小物放大，並細膩平實地描寫」，使實物的細節、紋理全部呈現，那種真切、尖銳、強烈的迫近感，會使觀者無法呼吸，這同時也是新寫實繪畫迷人之處，是人與物（自然）近距離檢視彼此的最佳時刻。

顧重光以精湛細膩的筆法，畫放大的蔬果靜物，和他結合複合媒材形式創作抽象與符號性的作品，隨著他個人心性的感覺創作而各勝擅場。我們常常發現觀看抽象作品，有時候經由想像過程會產現出具象語彙，相反的，當我們觀看寫實作品時，也能體會發覺隱含在具象物表層下的抽象思維，顧重光的作品就能讓我們產生這些有趣的視覺現象。

早期的抽象畫，顧重光在媒材的選取上，他還使用了一項「煙燻」的特殊實驗性技法表現，畫面經過煙燻處理，產生了模糊朦朧的層次氛圍，類似影子與畫中筆觸圖像疊合，帶有緩慢速度的運行節奏，雖然緩和了剛強筆觸的俐落脈動，但卻多了

心靈層次的嫵媚效應，增強畫中的韻味表現，東方精神中強調一種妙不可言的狀態，無疑可以此作為範例代表。

2、異域風景畫

顧重光創作的風景畫來自於他旅遊過程的紀錄，特別是新疆風景的描繪極為生動，新疆是中國古稱異域的地方，人種不同，也存在著與中原不一樣文化的風土民情差異，顧重光熱情的描繪下他的所見所聞，色彩純淨洋溢而耐人尋味。翻閱他的畫集中，令人好奇的是有幾件過往創作的作品所標示完成的年代，橫跨數年或十數年之久，我覺得這種跨越漫長創作的時間性極為有趣，藝術家在不同時間上修改作品，何時才算真正完成？或是完成後還會再次修改更動？但經過了不同時期的創作思考與觀念辯證，作品的「變」與「不變」和「再變化」，就帶有某種生命進行式的軌跡……。我想這類型的創作會超脫出原本寫實意涵的畫面訴求，回歸精神性的探尋，那是顧重光對自我期許創作的要求？亦或是他每一次對創作不滿意狀態下的反芻行為？但從他一絲不苟的嚴謹更改作品過程中，讓我們藉由其畫面延展開的時間性變化過程而一覽無遺，也間接地見證了他追求完美的堅持。

四、後現代的空間意識：新藝術與新普普的東方再現

1、結合混種和語言不同的變位

後現代它已放棄了以前現代主義繪畫的烏托邦使命，在失掉這種意識形態的使命之後，在形式從歷史中解放出來之後，繪畫現在可以自由地追隨一種贊同所有過去語言的可逆轉的游牧態度。這是一種希望剝奪語言之意義的觀念，傾向於認為繪畫的語言完全是可以互換的，傾向於將這種語言自固定和狂熱中移出來，使它進入一種價值經常變動的實踐中。不同風格的接觸製出一串意象，所有這些意象都在變換和進展的基礎上運作，它是流動的而非計劃好的。在這裡，作品不再蠻橫地說話，不再將自己的訴求建立在意識形態固定的基礎上，而是溶解於各種方向的脫軌中。我們可能更新在其他情況下不能妥協的指涉，並且使不同的文化溫度交織在一起，結合未曾聽過的雜種和語言不同的變位。

綜觀顧重光各時期的創作演變，作品多用新寫實技法，混合中國水墨畫的畫法和意境，表現出他個人的獨特風格。六〇年代的創作嘗試以中國文字入畫，以西畫中可運用的材料來表現中國書法，用他重要的創作語彙「燻煙」，從事抽象及符號性的 油畫創作；七〇年代再由抽象表現，步入細膩而精緻的新寫實風。近期則開發新的材料，運用複製與裱貼的技法，在創作手法與表現風格上多元並進，造就許多別具風格的作品。

2、新寫實繪畫的新語言

我們首先提起顧重光的繪畫，馬上就會聯想起他的靜物作品，這些被他以精湛畫筆所描繪出的巨大蔬果和靜物碗盤，超大型尺寸的視覺震撼效果無疑令人印象深刻。他打破了一般觀看的習性，面對這些被他刻意放大的巨大蔬果碗盤，不管是華麗或樸質色彩的表象下，都帶有一種東方秩序平衡的美感，且瞬間凝結住時間消逝下的具象物本質，或兼具歷史性感懷。他以物來喻物，而選用的這些樸拙古老青花器皿與新鮮蔬果的視覺對話，無疑也帶有思古幽情下的時代思辨。

顧重光所創作的靜物畫不同於一般的靜物，「它是集合性、將靜物單一化、重複化、其純化的程度更加沉澱而澄淨。由水果及上面的水珠組成單純而有趣的畫面，令觀者感受到構圖張力的展現，顧重光將這種配合形式稱之為新寫實繪畫的新語言。」

3、西方形式再現東方精神（1997—2008）

顧重光的創作從中國傳統繪畫中擷取養分，他除了從文人畫中取其精髓，也特別留意民間藝術平實或具裝飾性的表現手法，另一方面他稱得上是臺灣早期照相寫實繪畫先驅者之一，利用照相攝影的照片為輔，去蕪存菁，提取其中寫實繪畫的精華，藉由其觀點細膩描繪，除了鍛鍊繪畫技法外，還可以探索一般人可能會忽略的內在精神部分，重新建構出屬於個人繪畫領域的美學觀。

顧重光說：「中國人對點、線、面有獨到的表現，西畫把點和線都融入畫面中，只靠面與面來組成形體，與中國畫以線條來組成形體有所不同。」所以他畫桃子的色澤會選擇胡椒點似的技法表現，畫蔬果也可以表達出在葉面上晶瑩剔透的水

珠質感，面對青花陶盤瓷器，他使用中國的鐵線技法勾勒描畫，在創作領域上，誰說東、西方不能並融，這種中西技法混合運用在創作上，對他而言，運用嫻熟也是一種心領神會下的自然沉澱。

顧重光的畫，雖然形式是西方的，但創作的情愫卻是東方精神的再現，從造形、書寫的線條到色彩的配置，無不耐人尋味且引發聯想。顧重光的創作從「抽象表現」跨越到「新寫實主義」，這種極大風格轉變，是他歷經了無數的挫折與瓶頸所跨越出來的，一方面從深入抽象繪畫大本營的美國之行的沉澱，領悟出東方藝術家應保有東方的特質，他發現中國藝術是寫實與抽象並行，於是又回歸到具象寫實的創作領域。

五、東方美學新結構：從異域文化到跨東方主義

1、西域風情的啟示

近年來，顧重光獨鍾西域風情，十餘年來曾進出西域不下七、八次，可見其熱愛之程度。他以細緻含蓄的筆觸，從美麗疆漠帶回片片浮雲、滾滾黃沙的畫面，描繪出了在地生活的種種樣貌、阡陌絕景的壯麗，以集東西方形式與意境之大成，為這奔放不羈的絕代風華記錄下細膩的一面。

絲路融匯了各方精粹，不只是地理環境上囊括了冰川至戈壁的盛景，文化也如同一座斑斕的熔爐。經過了千年更迭，絲路亦帶著各民族走過起伏高落，當年大唐盛況「商胡客販、日奔塞下」交流趨於頂峰之時，造就了東西方文明最早的交流。

顧重光已舉辦過 30 次個展，而團體展也將近 60 次，策展經驗非常豐富，足跡遍及法國、美國、英國、西班牙、沙烏地阿拉伯、中國大陸等地，並榮獲多種大獎及獎章。近期在元智大學藝術中心「西域風華－顧重光個人畫展」所展出的、〈牧羊女〉、〈二道橋烤肉攤子〉、〈敦煌莫高窟千佛〉、〈大西北市集〉等 38 件作品，大部分著重在描繪西域的人物、生活方式、宗教信仰和美麗的風光，而且暗喻著他們彼此之間的關係。

顧重光〈二道橋烤肉攤子〉以亮黃色畫出維吾爾市集的景象；〈大漠簡牘敦煌紀事〉則集合了

簡牘、佛像及壁畫的花樣；〈黃金萬兩滿載而歸〉以水墨及裱貼，裁截了朱仙鎮木版畫財神像；〈大西北市集〉描繪賣西瓜一家人邊賣邊吃的維吾爾族農家樂景象；〈塔什庫爾干雪山牧羊〉裡積雪的山脈與羊群的白，形成大自然裡幾道最純潔的清亮。顧老師筆下每幅畫作皆為一片片人文豐美的風景，邀您前往目睹大師風采，隨著大師的腳步遊絲路。

顧重光演講時介紹西域風華有如上地理課一般，熟稔的在白板上畫出中國大陸的地圖，讓同學了解西域的地理概況。從絲綢之路到契丹的商業交易進而到歐洲的商業發展，顧重光如同講故事一般的以國語、日語、英語，甚至閩南語夾雜帶領大家一步步的了解西域的歷史文化。顧重光表示，語言在中國文化中並不被受到重視，但他認為中國許多東西都是由語言產生而來。

隨著地理位置，文化發展，顧重光以輕鬆幽默的方式一一介紹這些地區的風光，帶領同學進入神秘的西域風華。從哈薩克處處可見的清真寺，有大有小；吐魯番晾房所晾出來的葡萄乾，比我們所吃的任何一個都還要美味，名字相當逗趣的「驢的」，就是如同香港的計程車，因為是由驢子所拉的，因此叫做驢的。除了美景及雕像，顧重光也有許多當地漂亮小女孩的畫作，每當播到小女孩的投影片，他就會幽默的說：「又是一張美女。」從墓陵雕像到佛塔菩薩，從街景市集到巴扎攤販，片片浮雲、滾滾黃沙，一幕幕都讓同學驚呼不已。

曾有人稱顧重光為東方精神護旗手，他所呈現的藝術，是東方的人文精神以及現代文明的生命。創作生涯一路走來風格多樣，但其心忠於東方中國的心靈。絲路融匯了各方精粹，如今許多雕欄樓城已斑駁不堪，但其影響仍讓人們皆為她吸引、為她留戀、為她神往。如今，在歲月遞嬗下的大漠，依然醞釀著她的魅力。

2、野性思維與跨東方主義

華裔現代藝術家如今所擁有的文化自覺，不只豐富與發展了自身的繪畫歷史，也為整個繪畫注入了新觀念，當今不論旅居海外或海峽兩岸的當代華裔藝術家，他們的成長背景及作品樣貌雖然各異，但在內涵及精神上，均相當接近新人文主義（Neo-Humanism）風格。此種結合東西文化的

現代新人文主義，具有曖昧與邊際的（Ambiguous and Marginal）東方特質。什麼是曖昧與邊際的東方特質？簡言之，那就是甩不開的東方情結，無意中表露出來的禪境。此種跨文化的禪境亦即新東方主義（Neo-orientatalism）或跨東方主義（Trans-orientalism）的核心，當今不論旅居海外或海峽兩岸的當代華裔藝術家，均具有此種跨東方主義的禪境特質。

我們從 80 年代之前與之後，西方與非西方的跨文化辯證演變情勢，顯示「原始主義」與「東方主義」對現代藝術發展的側深影響。尤其是與西方不同的「野性思維」及「東方主義」的轉向，在跨文化演變上對非西方現代藝術家所給予的啟示，在 80 年代之後，已逐漸演變成為非西方的「跨文化」基本精神與主要策略。而華裔現代藝術家的跨文化另類表現—「禪境」，亦即新東方主義或跨東方主義的核心，是否正是華裔當代藝術發展可行的第三條路？

同理引伸，對坐落於亞太地區既邊緣又交匯的臺灣，其原住民加上來自大陸各地區華裔移民的傳承交融，經不同時期外來族群（荷、西、英、日、美）文化的沖激，其文化藝術演變也自然受到「原始思維」的生命力，以及「跨東方主義」的多元性等機緣因素之影響，而此一既原生又多元的「跨文化」獨特條件，在華裔當代藝術發展史上，理當成為臺灣藝術家的基本優勢。八〇年代中期之後，顧重光儼然已是現代畫壇重要的領導者，經常帶領著臺灣現代藝術的一批批工作者，包括油畫、版畫、水墨等等不同媒材的創作者，往來交流於中國大陸、香港、韓國、日本與東南亞等國畫壇。他並倡導以新東方主義，共促亞洲在新世紀崛起，成為亞洲藝術家共同的理想。

非西方跨文化現代性的根源，正起自野性思維到跨東方主義的反思。諸如：《少年 Pi 的奇幻漂流》中，從與動物相處的野性思維，到跨東方主義的信仰探索；再如：相隔 30 年先後榮獲諾貝爾文學獎的馬奎茲（Garcia Marquez）與莫言，其魔幻現實主義手法源自野性思維，而川端康成與高行健則深具跨東方主義的禪之境界；至於紅遍兩岸的《後宮甄嬛傳》中的陰性書寫，也無疑源自野性思維裡的母性、獸性、感性、靈性；而《賽德克・巴

萊》中的經典名句：「寧要原始驕傲也不願受文明屈辱」，其基本美學觀更是來自野性思維。顧重光新寫意的跨文化現代性，正預示了東方美學新結構的可能趨向，亦即從野性思維到跨東方主義的自然展現。

六、老練脫俗的晚期風格

1、近期作品以金箔入畫

綜觀顧重光的創作生涯，可說是一位早熟型的藝術家。然而早來的名聲似乎給顧重光帶來創作生涯上更大的挑戰，在五十年的創作中多次大膽地、甚至兩極化地改變畫風，與其說是為了求新求變，不如說是創作者懼怕被定型，而追求更忠於自己的表現。六○年代起步時他追求油畫技巧上的創新，以厚重的色調加上麻布、砂、紙之裱貼及煙燻等技法，表現半抽象的，富東方玄思的神祕之境。此時常嘗試以中國文字入畫，漸漸發展出類似歐美抒情抽象中筆勢繪畫的風格，以西畫中可運用的材料來表現中國的書法，其目的在「結合東西藝術」。

1976 年如此的畫風仍受到稱頌，他卻毅然轉向類似美國於 1965-70 年間出現的「照像寫實主義」。將青花陶盤、水果、花卉等照相放大，再以細膩的油畫技巧表現其生硬、平凡、光滑且巨細靡遺的面象。然而西方照相寫實主義畫家的用意是諷諭性的，旨在戳穿相機所攝製的虛假的二手現實。顧重光卻以之作為一種表現古老傳統（易腐的水果對照持久的古碗）的純粹寫實手法。

走過多變的八○年代，大陸之旅帶來豐富的刺激也帶來新的題材之外，「新寫實繪畫九○年代新語言」將靜物單一化及重複化，從生硬且直接的照相寫實，轉進量化與圖像化的另一種現實。邁進二十一世紀，顧重光開發新的材料，運用複製與裱貼的技法，以韓紙、水墨與中國年畫，集形式與意境之大成。新作東西語彙運用成熟，予人隨手拈來的從容感。對一直關注中西融合問題及東方主義的顧重光而言，是一種水到渠成的可喜發展。

臺灣照相寫實繪畫先驅者之一資深畫家顧重光，最近以金箔入畫，再次挑戰自己在照相寫實繪畫領域的新嘗試，這些被他刻意放大的巨大蔬果碗盤，不管是華麗和樸質色彩的表象下，都帶有一種東方秩序平衡的美感，且瞬間凝結住時間消逝下的具象物本質，或兼具歷史性感懷，也帶有思古幽情下的時代思辨。

2、老練脫俗一如陳年紅酒

臺灣畫壇暱稱「老顧」的顧重光，雖已邁入「從心所欲不逾矩」年歲，但他在五十年的創作歲月中，卻多次大膽地，甚至兩極化地改變畫風。60年代師大美術系畢業時，他追求油畫技巧上的創新，嘗試以中國文字入畫，漸漸發展出類似歐美抒情抽象中筆勢繪畫的風格，以西畫中可運用的材料來表現中七○年代接軌國際的「照相寫實主義」，將青花陶盤、水果、花卉等照相放大，再以細膩的油畫技巧，表現其堅硬、平順、光滑且巨細靡遺的面象。

顧重光多年來利用照相攝影的照片為輔，去蕪存菁，提取自己對寫實繪畫的觀感，重新建構出個人的美學觀，他畫桃子的色澤，會選擇胡椒點似的技法表現，畫蔬果，表達出在葉面上晶瑩剔透的水珠質感，青花陶盤瓷器，則以中國的鐵線技法勾勒描畫，這種中西技法混合運用，是一種心領神會下的自然沉澱。

雖堅持「具象寫實」畫風，但他總在每個階段力求創新和變化，邁進 21 世紀，他又開發新的材料，運用複製與裱貼的技法，以韓紙、水墨與中國年畫入畫：近年更以金箔入畫，增添一份「貴氣」外，也兼具視覺的聚焦效益，意境愈發成熟，予人隨手拈來的從容感。

在臺灣藝壇，「老顧」懂穿著品味，也是老饕，更是紅酒品茗的愛好擁護者，雖前幾年傳出身體不適，開過心臟繞道手術，但他堅持：「酒為什麼要戒？」如今，生活作息規律，每天還是定時到畫室作畫 9 個小時。「晚上睡覺不會作夢！」

在臺灣藝壇上，很少藝術家像顧重光一樣，除了創作之外，還擁有縱橫天文地理般的淵博知識，能夠隨時隨地妙語如珠地侃侃而談，是重知性的創作者，他懂得穿著品味，也是老饕，更是茶與紅酒品茗愛好擁護者。

3、晚期風格泱泱有容達觀天人

　　薩依德（Edward W. Said）在《論晚期風格》中，大致區分藝術家兩種晚期特質。其中之一如下：在一些最後的作品裡，我們遇到固有的年紀與智慧觀念，這些作品反映一種特殊的成熟、一種新的和解與靜穆精神，其表現方式每每使平凡的現實出現某種奇蹟似的變容（transfiguration）。例子包括沙士比亞的《暴風雨》，及希臘悲劇大師索福克里斯的《伊底帕斯在科勒諾斯》，一切獲得和諧與解決，泱泱有容，達觀天人，會通福禍，勘破夷險，縱浪大化，篇終混茫，圓融收場。而顧重光的晚期風格正是泱泱有容達觀天人。

　　顧重光的多元的創作風格與瀟脫的生活心境，也令人聯想到日本哲學家九鬼周造的「粹」（iki）之意涵。九鬼周造在其名著《「粹」的構造》中，嘗試用柏格森與胡塞爾、海德格《存在與時間》的概念系統，指出「粹」的意涵為「普遍化的語言精神」，與具體事實性的「民族特殊個性的存在」。九鬼認為，「經驗」是指在當下能夠感受，在事後能回想起來的事。這說明了過去的文化依然能夠藉由反覆的循環和人類的選擇而再次重生。文化是構成歷史的基礎，是比真實還要崇高的事物，所以文化能一再重複出現並綿延不絕。

　　九鬼並稱，「粹」也以「年長者的智慧」與見識為前提。「粹」的擁有者必然是「老練脫俗(拔垢，akanuke)的苦命人」。「老練脫俗」的原詞意義為「去除污垢的清爽模樣」，它為何與「粹」的生活態度產生關聯？大橋紀子認為「老練脫俗」一詞的精神意涵與佛教的「達觀」(諦，teikan)有關。「老練脫俗」是為東方社會保有順暢的人際關係所產生的心理建設，是一種極致的真理。「老練脫俗」等同於「通曉人情世故」、「行事順暢無阻」的瀟脫心情。

主要參考資料

彭小妍，《跨文化現代性：一九三〇年代上海、東京及巴黎的浪蕩子、漫遊者與譯者》，臺北：聯經，2012，頁 10-32。

彭淮棟譯，《論晚期風格：反常合道的音樂與文學》，麥田，2010。

蕭瓊瑞，〈穿越抽象與寫實的兩極〉《顧重光創作展：新寫實—再現自然》，國立歷史博物館，2004

陶文岳，〈心象實景—顧重光個展〉，宏藝術，2014

曾長生，〈顧重光式的新寫實—具新人文精神的新東方主義〉，國立歷史博物館，2004

東方精神的護旗者—顧重光先生

■ 盧怡仲／藝評家、畫家

　　時間回到了三十四年前，臺北聯合報上一則消息，【香港航訊】由香港現代文學美術協會主辦之第三屆國際繪畫沙龍，已於一月二日至八日一連七天公展於香港大會堂，參展作品九十三件。據該會會長兼沙龍主席李英豪發表最後評選結果謂：此次佳作如林，來自世界各地畫作，頗多難分軒輊，成績比歷屆為佳，臺灣及香港兩地畫家，在質量上都占了絕大的優勢，事實上中國現代畫家之作品，並列世界各大師群中，並無愧色，足見中國青年一代藝術家，努力不懈，扣開世界之門，呈現自我。……臺灣顧重光〈荒山之夜〉（油）則以一分之差榮獲銅牌。

　　一九六四年的剪報，陳述了一位師大三年級年青藝術家創作生涯開始的序幕。

　　「我不願做傳統的看門人，但仍願做傳統的客人，我尊敬它，仰慕它，可是並非屈服於它。我幻想為它造一幢新居，成為新的形式。……」

　　一九六四年，廿一歲，他錄下了這段得獎後的豪語。就在此時，美國飛機攻擊北越，美國開始介入越戰。

　　隔年與姚慶章、江賢二組成的「年代畫會」舉辦第一屆展覽，以每個人提出十餘幅一百號以上的作品，震撼當時的畫壇。楊蔚先生以「一支尖銳的現代的箭」為標題，報導了他們的介紹：「顧重光的十四幅作品，在畫展中製造出一個震撼的效果。……他使人聯想到從鋼爐中直噴而出的烈火！……站在畫前，會看到他在燃燒，或者會感到那種沉重的份量。……筆勢、氣勢雄渾……分別刻畫出古舊，嚴苛與尖銳的情緒。他用色極重，彷彿一掌打到別人臉上去。……摸索的方向—以現代的感受，表達東方古老的哲學。……選作題材的，則多為東方古老的造形。……他有一份極濃的古老的懷念，而他的表白是屬於現代的。」

　　同一年自師大藝術系畢業，獲教育廳長獎油畫第一名，並由行政院新聞局選拔代表中華民國參加由香港國泰航空公司主辦「亞洲當代美展」，在亞洲各大城沙巴、新加坡、曼谷、臺北、馬尼拉、香港、東京、福岡、大阪展出。

　　顧重光的作品，在現代畫壇上是一個性格暴烈的發言者。

　　這兩年來，他一直像血一般的紅，以及像石塊般的沉重，逼在人們的眼前，要求承認它的地位。當然，他的確有許多表現是動人的。

　　這一點，他和他的年代畫會的另外兩位創始人，也都一樣，他們的姿勢是新的，而且是凌厲的……。

　　楊蔚先生在一九六六年聯合報上首次個展報導時曾有如此的描繪。

　　而秦松先生則有另一角度的看法：

　　……顧重光也是傾向於抽象的表現性稍帶有些浪漫的抒情，這種抒情是屬於東方人那種收斂的抒情。……顧重光不是凝重龐大冷靜的型態，他是活躍的動態的具有衝力的，雖然他現在的作品在色彩的表現上漸趨「清淡」了，也許由於外在的因素影響促成。……同時他具有「入」與「熱」的精神，極能揮發氣勢強烈的魄力。……

　　在何政廣先生的論介中有如下的說明：

　　……他的畫已經有了轉變，最能表示這種轉變的徵象是作畫技巧的多樣性。例如他在畫布上摻

用拓印、裱貼、燻以及刮等技巧，部份也略嘗試自動性技法，……特別是燻的技巧，他用的很多，已經把它視爲畫筆和顏料，直接在畫面上描繪出連續的點和線，……顧重光的畫，形式上是西洋的，但在內容與本質上則是中國精神的流露，他有意把兩者作一個融合。……

一九六六年中共發生文化大革命。

而發表慾旺盛的顧先生，在服兵役的同時尙舉辦了他的第二次的個展。於一九六八年進入中國文化學院藝術研究所就讀。此時中華日報呂孝佛先生採訪報導中談到：

他開始著手畫論方面的創立……所謂新人文主義者，並非僅圖舊瓶新酒，乃是吸收東西方傳統人文主義的精髓，予以融會貫通，重新建造，絕不停滯不前。……

一九六八年，臺灣實施九年國民義務教育制度。

一九六九年，廿六歲入選代表中華民國參加第十屆巴西聖保羅國際雙年展、西班牙馬德里現代美術館「中國當代美展」、紐西蘭屋崙市「中國當代畫展」。第二年參加第二屆法國加城國際雙年展，在獲得碩士學位同時與王培華小姐結婚。

一九九六年，臺灣金龍少棒隊代表中華民國首度獲得世界冠軍。人類首次登陸月球。

「不管中國的『現代畫』在形式、用法、格調上如何的創新求變，但其中的意境與精神，卻永遠也抹煞不掉固有的傳統，並將一直延續下去。」這是一位在現代畫中具有「現代感」的青年畫家顧重光在潛心研究後，對現代畫所下的一個結論。……可從他的畫中捕捉到我國書法蒼勁雄偉的筆法與線條，這也是他忠於傳統精神的一大特色。……他在中國書法中探求出一種深厚雄偉的氣勢，將其壓縮融會在畫面上，取代了他以往的書法，而獨樹一幟。他認爲我國的書法在筆勢上就是一種藝術，隸書雄魄有力，草書姿態飄逸，這些都可滋養潤澤了現代畫。……

陳茜苓小姐在一九七一年個展中的介紹。

「人類文化的內在動力，所仰賴於地域性的自然刺激，往往超過其所仰賴於人爲的領導，就藝術而言，愈是近代的繪畫其現象亦更爲顯著，由現代藝術中普遍具有地域的影響，即是在同一自然景觀之中的畫家，在風格上即有其共同的趨向。而回歸自然的傾向正是一個主要課題。」……

顧先生在四十四年前個展時發表以上的論點。同年參加第十屆巴西聖保羅雙年展，並獲收藏。在劉國松先生介紹下就任中原理工學院建築系副教授。

一九七一年管執中先生寫下了精彩的見解：

……從傳統繪畫藝術的角度上看，他該是一個「傳統的異端」；但從現代繪畫藝術的角度去看，他卻又是一個「現代的反叛」，……顧重光的作品裡，強熱地激蕩著民族文化的血液。於是顧重光爲傳統和現代背起了十字架！……試圖以現代機械文明和傳統歷史文化透過自我，表現出一種兼具現代與傳統精神的獨特藝術風貌，……從中國傳統藝術中吸取精英而去其糟粕，然後運用西畫中可供使用的一切材料和技巧，把現代文明的新秩序，融會到民族傳統藝術的精神之中。……

一九七一年，中華民國退出聯合國。

一九七二年，顧先生在一篇訪問稿中直接提出技術層面的心得：

……顧重光說，「燻畫」一定要在畫布上塗色未乾時燻，這種使畫面行體結合成一體的效果，不是用筆墨所能達到的。……他說：「中西藝術有其衝突性，如何將中國傳統的書法放在西方藝術內呢？唯一的方法，是把書法的字形整個破壞，而保留書法原有的神韻和氣氛，這樣，材料是西方的，字的形象在破壞後產生整體性的作用，便易使東西方藝術的優點融合在一起。」……

同年由顧獻梁教授介紹就任淡江大學副教授，並寫出下面的評語：

外國人常說中國人不會用顏色，中國人則認爲外國人不懂筆墨運用，而顧重光的油畫，兼具了筆墨與顏色的優點。……

而顧重光先生更進一步說出他的實驗精神，時年廿九歲。

……要結合東西方藝術必須要有勇氣跨先一步，這一步，即使是走錯了，也是一種頗為值得的嘗試……

並且在聯合報上發表「開拓現代藝術的我見」，其中的重點有：

今天的藝術教育工作，不客氣的說，還是停留在「因襲」的學徒式教育方法上，……更需要把新的教學方式予以融合，也就是所謂的「混合媒體」，把各種材料，同樣的放在一種對象上，讓學生來熟悉，然後得到他自己所需要的方法或技術。……在自由世界的各國，都非常重視現代藝術教育，甚至於在一個大城市裏，有好幾座現代美術館，所以，在快速經濟成長的臺灣，設立一座現代美術館，應該是刻不容緩的事，同時，除了在藝術教育上加強青年對藝術的認識外，我們更可以政府和民間合作的方式，辦理各種國際性的美術展覽會，增進藝術品和藝術家的交流。近年來，我們參加國外的各項展覽，及在國外主辦的中國現代畫展，在各國都受到很高的評價，現代畫家在國外受到重視，是因為我們有著自由的思想，甚至沒有邦交的國家，也同樣歡迎我們的作品，這正是自由與集權之下的一個証明，尤其在國際逆流的情勢下，除了經濟奮戰，這種文化的活動更有其重要的意義，……

一九七二年，中日斷交。

一九七三年，顧先生三十歲時，連續三屆代表中華民國參展第十二屆巴西聖保羅國際雙年展，作品並為雙年展基金會收藏。此年由莊喆先生介紹任教東海大學建築系兼任副教授。

一九七三年七月六日，聯合報戴獨行先生有篇報導：

「趕快擺脫西方束縛建立自己面貌風格」

……日本具有權威地位的美術評論家植村鷹千代，是專程到臺北省立博物館參觀我國顧重光等四位現代畫家的聯展，和考察我國現代藝術的發展情況。……他看了四位畫家的聯展後，認為這四位畫家的作品和世界各國的抽象畫很相近。他說，如果讓一個歐洲人來看，也許會覺得中國畫家的作品有其不同的風格，但在他作為一個日本人的眼光

中，卻感覺並沒有甚麼特殊的地方。……臺灣的現代繪畫，還停留在某一個階段中，並未建立自己的面貌。他說，世界各國抽象繪畫所用地技法，將來可能會相同，但各國的畫家們仍應分別保有自己的面貌和風格，而臺灣畫家的視線所及，似乎至今仍只看到歐美，尚未發掘出自己的民族性，日本藝壇在二次大戰結束後初期，也有這種傾向，現在則已有轉變，但臺灣的現代畫還沒有達到此一地步，這是臺灣畫家們應該思考的一個問題。……我國畫家們對植村「建立自己面貌和風格」的觀點完全贊同，但進一步表示應以本國的民族性為主，歐美為副，從跟隨別人中逐漸進而創立自己的新風格，才能脫離窠臼的循序漸進之道，同時並願與亞洲各國的美術界取得區域性的聯繫，共同為發揚東方美術而努力。……

植村的剖析，深深刺中了「形式說服力」的要害。

一九七三年，教育部進行大學聯招電腦閱卷系列座談。波斯灣六國宣布石油價格提高21%，石油戰爭開始。

在一九七四年第五次個展時，臺灣新生報的莊淑芬小姐有如下的說明：

……他覺得自己一直努力將中國繪畫以現代的感受表達出來。目前若要論成就收獲與否，在他看來是毫無意義的，因為藝術本身是不停止的創作，如何突破自我避免陷於作品窠臼裏或某一形態的枷鎖裏才是從事創作的人所該全力以赴的事。……這位朝氣蓬勃的畫家平時常研究宗教方面的書籍，但以東方宗教為多，對於目前在美國受到崇拜的寒山，他很喜歡。從老莊思想到宋元之後佛教哲理以及有關「禪宗」的東西，顧重光均能在生活中找出一些符合其間的教義，這些也可能成為日後創作意念的發祥地，但他認為宗教理論和創作來源並無絕對關係。……

一九七四年參加第五屆法國加城國際雙年展，日本東京上野東京都美術館亞細亞現代美展。

一九七四年新任省主席謝東閔為增加財富和消滅貧窮提出「客廳即工廠」口號。全球油價與油源因第四次中東戰爭發生恐慌，史稱第一次石油危

機（一九七三～七五）。中華棒球隊在此年首度獲得「三冠王」的美譽。

一九七五年赴美國舊金山籌備個展及聯展。

蔣中正總統去世。越戰結束。

一九七六年，三十三歲於舊金山設計家中心舉行個展。受邀參加日本東京都美術館「中華現代繪畫十人展」。

一九七九年，三十六歲創辦前鋒畫廊。自一九七六年稱頌於藝壇的「抽象表現」風格，亦於一九七七年左右毅然大幅度的轉向於「新寫實」畫風。

一九七六年，臺南素人畫家洪通，北上舉行畫展造成轟動。李天祿接受巴黎萬國文藝協會邀請，率領「亦宛然」布袋戲團赴歐洲公演。

一九七七年中，彭哥先生在聯合報發表文稿批評「鄉土文學」，造成當年之論戰，自此回歸鄉土、關懷本土蔚為風潮，影響及於文學、電影、美術等的藝術創作和鑑賞。

現代舞者林懷民在歌仔戲「蟠桃會」中客串李鐵枴。

一九七八年，中美斷交。南北高速公路通車。

一九七九年底臺灣社會發生「美麗島事件」。行政院通過開放出國觀光。

一九七九年八月十日，丁琬小姐在自立晚報上有非常醒目的標題：「回歸寫實抓住生活—畫家顧重光再出發」

畫家顧重光在前鋒畫廊舉行他的第十三次個展，這次畫的是水果和陶瓷碗盤。

由抽象到寫實是他最大的改變！

……早期的抽象畫，……是從「關心自己」出發。以表現他個人的感覺為主。但是抽象畫畫久了，容易使人感到和社會脫節；……看到一些古老的陶瓷器皿，油然而發思古之幽情。就想把它們的「歷史感」用筆畫出來。所以呈現在畫紙上的這些小盤小碗，經過他著意的刻劃；細緻的花紋表現了

古典：沉舊的靛藍和磚紅色流露出時間的感覺。此外透過色澤陰影的變化，他還希望能夠實際傳達出這些民藝品特有的質感和生命。……致力現代畫藝術創造的顧重光，在接受訪問時，難免會「不幸」地接觸到這樣的問題：所謂的現代畫或抽象畫，究竟是為了表示「現代」而現代，抑或是用自己的觀念、意識來印證「現代」，創造「現代」？

顧重光很坦白的表示「現代感」應該是個人從生活經驗、知識及環境去追求的。現代和傳統的區別，在於基本態度上的不同。不過他並不否認，畫家們有時的確是在蓄意地為表現「現代」而獨出心裁，以建立與眾不同的風格。他指出歐美的抽象畫，目前正流行「量的藝術」就是利用視覺效果來創造的一種藝術。這種求新求變的趨勢是不是好現象，顧重光沒有說。可以肯定的是，時間將會証明一切。

……顧重光並不強調要特別去具有中國味；因為他覺得刻意表現某種特徵，有時會限制了作品的意義；但是同時他也認為只偏重國際性，而沒有民族風格，會使作品的內涵有「真空」的感覺，而流於平泛。……

顧重光表示，未來他可能走上「照像寫實」的現代畫途徑。由以自我為中心的抽象創作，到取材於生活、環境的寫實繪畫；顧重光這次轉變風格，是否是一次成功的表現，還難作定論。不過，他勇於嘗試的再出發，應該是值得我們喝采的。

聯合報陳長華小姐的報導：「顧重光的水果畫」

……不論外人對「老顧」畫水果的評價如何，這位畫家信心十足，把這次展覽當做個人一次嘗試。他說，他是對現實環境的事物關心，才採用如此特定的題材表現。民藝品是我們先人用的；水果是我們每天必需，為什麼不能入畫？

而陶瓷用具均為臺灣民間承繼大陸先人之形制，水果則為現今生活視覺圖像之表徵；從表徵來看顧先生在此已經很明確的談到族群、本土、融合等議題的看法。

但在當時顧先生被視為從心靈、從精神性逃離的叛徒，從形而上走入形而下的浪子，甚至於被

指責讓物性掛帥，棄現代精神於不顧，我們來看顧先生在一九八〇年八月廿四日民生報的專文：「水果個展，展出的話」

　　……「藝術不是自然的再現」……用來作畫的對象，與畫家的表現是風馬牛不相干的兩碼事，因爲畫家用自然界的對象來作畫，是刻意安排的，當然通過畫家的審美觀來作畫時，是利用了安排好的對象，再作主觀的描寫，雖然青花陶盤是以手作出來的，但它在畫家作畫的當時，已成爲被描寫的獨立個體了，……我要表演的是在視覺上的質感、量感、盤子的重量，陶器上釉的亮光，粗質的表面上鐵質銹斑，青花的筆觸和灰藍色釉質的色彩協調。……如果我們拿西洋畫家馬蒂斯所畫靜物中的瓷器來說，那簡直不能算是一個完整的瓶子，難道馬蒂斯的技巧不能畫出瓷器上的花紋嗎？不是，因爲那不是他作畫的目的。

　　「視覺的美感不是官能的」……視覺上顯示出來的物像必然是表面形式的浮現，表面的特質即是最佳的表白，……水果對人而言是非常熟悉的東西，經驗的感受給予移情作用一大發揮的機會，……將實際的經驗與視覺上的美感連接起來，減低了審美的活動，增加了官能的感受。這都是審美上的一大失誤。適當的感情移入有助於進入審美的狀況，但大量的引入已有的經驗是有損於審美的觀賞。

　　「批判的基準是甚麼？」……批判的基準應是基於美學上的認知與了解藝術品的深度統合而成，包含了「分析」、「比較」、「評價」三個型態，……由古代的原始藝術到現代藝術，都可以利用來作討論的對象，由形式的觀察到內容的領受，都受到這基準的規範，……我的看法是藝術品所包有的美能貫穿時間的間隔，也會融合空間的距離，因爲美感不因時間不同，空間不一而喪失它的機能，人類審美的共通性亦是不可忽視的，如果硬要質問一位畫家何以不能產生「新的美的品質」？正如同去問一位畜牧專家所養的牛爲什麼不能生出豬來。

　　形式的大變動，引來了新聞性的效果，下面是民生報陳小凌小姐的採訪重點：

　　在技法的表達上是寫實的技巧，但也未必根據超寫實而來的，因爲兩者之間還有段距離。超寫實主義是將幻燈片投射在畫布上依樣描繪，我雖也將靜物拍成照片或幻燈片，一方面是怕那些果物會腐爛；另一方面爲了捕捉一瞬間的感覺，並且在繪畫時能隨時加以丟棄或補充。所以；我認爲我的畫不是屬於特定的照相寫實，但仍舊是寫實的。……我從一九七六年前即開始嘗試著由抽象轉換爲寫實。……我並不是因想追求時潮而轉換爲寫實技巧。最主要的是最初我從中國書法基礎所轉換的抽象繪畫，這些年在個人感覺上，覺得要再轉換爲另一種形式的抽象畫比較困難；同時，這二十年來，我們在繪畫方面一直以抽象技法和西洋現代繪畫作直接連繫，這固然是一種繪畫技法，但多年來只局限於某一部份的藝術家，甚至於在大專美術教育裏都不能佔一席之地，這一現象，令我重新探討中國繪畫現代化的方向。

　　我感覺到在中國傳統繪畫中，不僅止於從寫意文人畫中擷取養分，同時，也未嘗不可從民間藝術裏的寫實繪畫中吸取精華，像中國繪畫的細膩點線，也可以應用在現代繪畫中。比方說，此次我畫桃子時，就使用小楷狼毫筆，把桃子的色澤以胡椒點的技法表達出來，畫蔬果時，也可以把葉片上的水珠，晶瑩地呈現出來，爲了表現青花陶盤的質感，我也採用中國畫中的鐵線描法。

　　一九八〇年，臺灣與大陸兩岸經貿間接交流開始。

　　一九八一年，顧先生在版畫家畫廊舉行油畫個展，自立晚報於十二月十八日有篇報導：「從抽象走入寫實」

　　……對顧重光來說，從抽象走向寫實，是一種很大的衝突。一般朋友先期對顧重光的寫實並不贊同，尤其是一些畫抽象的朋友，更覺得顧重光走寫實的路徑，跡近於對抽象的背叛。……

　　十二月二十九日聯合報陳長華小姐的報導：

　　……不論民俗題材的版畫，抑是「水果和民藝器皿」顧重光渴望想透過西畫材料的表現方式，掛上自己民族的東西。這一種想法在實行時勢必遭遇矛盾和挫折。他是經得起頭破血流的好漢，否則不會夜夜鎖在樓裏畫，直到破曉。

林清玄先生在時報周刊中的敘述：

　　……這種兩極的轉變，在過去的中國現代畫家裡不是沒有，例如夏陽、韓湘寧、姚慶章、陳昭宏都是從抽象跳到新寫實的。顧重光這樣做有的人覺得慢了一點，他自己則認為：畫家忠實於自己的感覺最重要，用什麼形式都在其次。……

　　「不朽的傳統」可幸的是，他十餘年的繪畫生涯中，不管風格題材如何改變，我們在他的藝術中總可以看到傳統的因子。……他說：「我本來就喜愛中國古老的東西，我自己也收藏了一些，一個古老的碗對我來說不只是碗，它是個不朽的傳統。我主要的是畫這些碗，水果只是用來陪襯的，你看水果那麼新鮮可愛，但是幾天的時間全爛光了，碗卻不會腐爛，它永遠在那裡。」

　　從這一段話，我們幾乎能了解到顧重光對傳統的看法及對藝術的看法，形式在他只是一種陪襯，內容才是最主要的。……

　　一九八一年中參與民生報籌辦藝術歸鄉活動，巡迴展出全省各地。

　　一九八二年，顧先生代表出席「韓中現代書畫展」於韓國首爾國立現代美術館，由文建會主委陳奇祿領隊，黃君璧團長，西畫三人代表楊三郎、劉啟祥、顧重光出席。

　　一九八三年應日本書道美術館邀請參展「中華民國現代美術名家交流展」。

　　一九八四年臺灣第一座現代美術館－臺北市立美術館開幕，顧先生參加開幕展。中華民國亦在暌違十二年後，以「中華臺北」的名義重返奧運。

　　一九八五年率團主持第一屆「中韓現代繪畫展」於韓國首爾寬勳美術館。

　　一九八六年，在戒嚴狀態下，一百三十餘名黨外人士於九月廿八日宣布正式成立民主進步黨。顧先生參加臺北市立美術館舉辦之「現代繪畫回顧展」。

　　一九八七年七月十五日○時起解除臺灣地區自一九四九年起實施三十餘年的戒嚴體制。顧先生參加臺北國立歷史博物館舉辦之「中國現代繪畫新貌展」，韓國首爾國立現代美術館「中華民國當代繪畫展」。

　　一九八八年，蔣經國總統逝世，李登輝繼任。顧先生四十五歲，五月首次赴大陸省親及考察美術現況，訪問北京、上海、歙縣、南京、武漢、長沙、西安、蘭州、敦煌、土魯番、烏魯木齊、伊犁等地。七月再赴大陸參加「中國美術家絲綢之路考察團」歷經東疆、北疆、南疆。並參加美國加州聖荷西埃及美術館之「中華民國當代藝術創作展」。

　　一九八八年十一月烏魯木齊新疆日報陳正直先生的報導：

　　……他曾聲明是毫不誇張地評價：新疆風土人情之美，世界少見。就說民族間的關係吧，他到過歐洲許多國家，那裡的少數民族地位多是不高的，而大陸，具體說新疆，政府對少數民族的態度相當寬厚，漢族熱愛並重視研究民族文化。……我國的許多少數民族甚至是落後民族，人很少，但他們的大文化，具體就是體、音、美、藝常常表現的很發達，有令人吃驚的造詣。……顧先生不只一次談到，絲綢之路當年所以能夠繁華，就是中外匯通、交往、開放的結果。是中國一代代人努力的結果。當我們驚歎於前人精美的洞窟藝術，漫步於當年繁華的市井，猶聞遠逝的駝鈴，可不能忽略了交融匯合這個使絲綢之路繁華起來的原因。……

　　十二月烏魯木齊晚報張濤先生的描寫：

　　……近萬公里的絲路之行，顧先生感觸最深的是新疆各族人民對他的如兄弟般的友情。九月初的一天，畫家們在葡萄溝采風寫生，一位銀鬚飄然的維吾爾族老人聽說他是臺灣來的畫家，便把他請到自家的葡萄架下，老人端詳著顧先生，動情的說：「臺灣的親戚，我們盼望你們三十年啦。」老人拉著顧先生問這問那。周圍的維吾爾老鄉們，把一串串剛摘下的葡萄往他手上塞。顧先生捧著一大堆鮮葡萄，手顫抖著，眼睛濕潤了，此情此景，使在場的一些畫家動容。……

　　一九八九年舉辦「絲路萬里情」個展於臺北市三原色藝術中心。赴韓國參加第四屆亞洲國際美術展覽會開幕式於漢城市立美術館。並擔任第十二屆中華民國全國美展籌備委員暨油畫評審委員。於

十一月第三次赴新疆絲路之旅。

而當年臺灣股市突破萬點，但大陸爆發天安門事件。國際上柏林圍牆拆除倒塌，鐵幕瓦解，象徵東西方冷戰結束。

一九九○年，四十七歲獲臺灣省文藝協會頒發中興文藝獎美術獎章。九月第四次赴大陸南疆行絲路之旅。

一九九一年參加北京中央美術學院之「臺北、北京名家版畫展」，日本東京上野東京都美術館「亞細亞美展」，以及擔任教育部文藝創作獎評審委員。

國內民進黨通過臺獨黨綱，國際上蘇共解散，蘇聯解體。

一九九二年參加「第六屆及第七屆亞洲國際美術展覽會」於日本福岡市田川市立美術館及印尼雅加達市。繼續擔任全國美展籌備委員及評審委員。六月當選中華民國版畫學會理事長。

一九九三年第五次進入新疆，七月第六次率團赴新疆於烏魯木齊市文聯展覽館舉辦「臺北—新疆版畫大展」，八月受邀參加臺北市立美術館之「臺灣美術新風貌展」。

臺灣執政國民黨力行本土化。新黨成立。大陸劫機來臺頻傳。「辜汪會談」開始。

一九九四年赴上海、北京及第七次新疆絲路之旅。參加國立歷史博物館選送法國國家藝術學會邀請展。九月主持「第九屆亞洲國際美術展覽會」於臺北市國立歷史博物館，亞洲九國代表來臺六十一名畫家與會。十二月應邀參加北京全國美展。

一九九四年三月臺灣旅行團於大陸發生「千島湖慘案」。臺灣舉行省市長直選。

一九九五年擔任全國美展籌備委員及水彩畫評審委員。八月率團參加新加坡美術館「第十屆亞洲國際美術展覽會」。

一九九五年新加坡聯合早報吳啟基先生訪問顧先生文稿：

談到目前臺灣年青一代人的藝術取向，他說：「這是一個資訊爆炸的時代，青年人在思想意識和創作手法上已經非常自由。但問題是，如果畫家沒有在古代的『東方思想』上下功夫，表現就會流於浮淺。像現在不少人在學歐洲的裝置藝術，德國的波伊斯，西班牙的布里都是有自身經驗才演化成作品，臺灣的年輕畫家卻是年少不知愁滋味。」……作為亞洲美術家聯盟的發起人和臺灣執行長，顧重光對未來亞洲地區的文化、藝術發展帶有樂觀的態度。

一九九五年臺灣政府正式處理四十八年前的「二二八事件」全面平反。李登輝總統五月訪美及中南美，中共七月正式試射飛彈，恫嚇臺灣。

一九九六年八月赴新疆舉辦「臺北、北京、烏魯木齊名家畫展」於烏魯木齊自治區展覽館，並進行第八次絲路之旅。十一月率團赴菲律賓馬尼拉大都會美術館參加「亞洲國際美術展覽會」。

一九九六年高雄琢璞藝術中心個展時，臺灣時報侯素香小姐的報導：

……顧重光將靜物單一化、重複化，並把這種將新寫實繪畫向前更推進一步的展現形式，稱之為「新寫實繪畫九○年代新語言」。……但這種靜物的繪畫不同於一般的靜物，而是集合性、將靜物單一化、重複化，把純化的程度再一次沈澱得澄淨。由水果及上面的水珠組成單純而有趣的畫面，感受到強力的展現，……

一九九七年年主導策劃「臺北—巴黎—紐約—馬德里十四人展」於臺北市立美術館。十月率團赴澳門代表中華民國參加第十二屆亞洲國際美術展覽會。於花蓮市立文化中心及維納斯畫廊舉辦「另類新東方精神展」、「東方精神六人展」，以及臺南縣立文化中心之「另類新東方精神六人展」。

一九九七年澳門華僑報曉思採訪亞展報導：

來澳參加第十二屆亞洲國際美術展覽的臺灣現代藝術家聯盟會長顧重光認為，二十一世紀是亞洲人的世紀，亞洲各地區文化藝術界應倡導新東方主義共促亞洲崛起。顧並認為，澳臺文化交流在九九後會得到新的發展。……新東方主義或許可能

成為亞洲藝術家們的共同理想，便可結合共同的區域性文化力量，促進亞洲各地區的和諧發展，促進亞洲在二十一世紀時崛起。他解釋，亞洲各國各地區各民族雖然在生活習慣、政治形態、經濟形勢、宗教信仰等方面不盡相同，但在藝術思想的表現卻是非西方形態意識，這就有可能形成齊一的東方取向。他指出，亞洲藝術家聯盟的結合自然也是為了促進各國地區之間的藝術活動交流，因而，在理念上不會有太大的差異性。他認為，東方各國地區抵制另一種文化鉗制的當今，倡導新東方主義尤為適時。

一九九八年，主辦「臺灣現代藝術家聯盟名家展」於臺北縣立文化中心。

感言

回顧的重要，是突顯在歷程中所散發出的影響和意義。我們可以從顧重光先生三十多年來的創作生涯裏，很清楚的了解，他詮釋藝術的中心，即是呈現「東方的、中國的人文精神以及性靈體驗在現代文明、形式中的特有領域」；他為此理想，付出全生命的執著。

一九四三年出生於重慶的顧重光，成長於臺灣，一九五七年開始啓蒙，於一九六四年首次獲獎，展露頭角時以半抽象風格，傳達粗獷、寂寥，富東方玄思意境之作品，為其創作第一階段的高峰，反映了臺灣現代藝術啓蒙六〇年代苦澀與思愁的時代氣質。之後長達十多年的東方式書法抽象表現繪畫，以強悍、爆發、衝鋒的意圖，進行進軍國際的發揮，是其創作第二階段精彩的成果，此階段中針對東方式體驗形式，所提出的說服力，應可稱為本系統體系的終結者，因為七〇年中以後臺灣抽象藝術工作者，所注目的焦點幾乎均以西方抽象探索的重心為主了。

一九七二年日本之訪以及一九七三年日本藝評家植村鷹千代的警語，還有最關鍵一九七五年的訪美，是帶給顧先生離開抽象形式進行新寫實語言的絕對因素；西方抽象語系全面、徹底、深刻的完整，已使得僅有抽象觀念並無抽象形式參考的東方，陷入小格局的同樂會狀態。顧先生毅然走向了自我顛覆，進行新寫實的語法推演，在此他已然預告多元融合精神的注入，從內容喻示裡，由切身的族群議題談起，在接近廿年的新寫實描繪，顧先生沈穩、內斂自我調整從前鋒改打中鋒之位置，期許透過苦行僧的修行精神能夠進入，東方精神中特有的「堅毅的穿透力」；「精神性的逼視」是顧先生的策略，也是他從青年浪漫抒情式的自發，經過壯年勇猛力搏的苦幹之後，進入不惑之年的嚴肅計謀，雖然外觀者甚少能內窺究竟；而顧先生又已準備安當進行出發後下一階段「新東方精神」的探索，這個多元語系並置、融合的新線索，正是反映本世紀中臺灣經驗裡，最精彩的人文歷程。

於是！創作形式的根源來自生活實際的體驗，不再像純由理性、知性發展的路途；雖然顧先生也曾倘佯其中，為現代主義歌詠，但學術的執著終究是他言論的根本經過本質及條件的開發，才能成就結實的成果。

顧先生從東方的「幽情」，走過東方的「欲望」，安排東方的「逼視」，最後進入東方的「並融」；一路走來形式風格多樣，但終其心志忠貞於東方中國的心靈，盡力提升臺灣現代藝術的深度，絕對夠量擁有「東方精神護旗手」的稱號。

本文原刊於《創作與回顧・顧重光的繪畫》，
臺灣省立美術館（現國立臺灣美術館）

顧重光的繪畫藝術

■ 巴　東／藝評家

在當代臺灣藝壇之西畫發展中，在省籍以及大陸來臺前輩畫家：如李石樵（1908-1995）、廖繼春（1902-1976）、李仲生（1912-1984）、馬白水（1909 -2004）等老畫家以降，後起的第二代則可說是以目前年紀大約以六十歲左右之中壯輩畫家爲主流，如當時的「東方」、「五月」等知名的畫會成員，他們以現代西畫爲創作指標，大部分都曾經出國留學，而接觸更新穎進步的西方藝壇洗禮。他們不像前輩老畫家們堅守印象派、野獸派，或具象寫實與平面抽象等繪畫風格之單純表現；卻也不像臺灣當代藝壇年輕一輩畫家更勇猛前衛與大膽新異的多元表現。

然而在臺灣現代藝壇中，他們卻可說是承先啓後，爲臺灣現代藝術發展奠立了不可磨滅的貢獻因子。這些臺灣西畫藝壇中壯輩的第二代畫家，散佈在海內外，而有他們各自堅持的藝術創作理想與風格特色表現。如今在藝壇前輩老畫家凋零殆盡的今日，這些中壯輩畫家亦可謂逐漸成爲今日臺灣西方現代繪畫之「大佬」，而他們的成就與表現不但逐次受到矚目，亦將漸漸接受歷史的評價與檢驗。

在這些後起「大佬」級的中壯輩畫家中，顧重光（1943～）卻有著他比較特殊而不同的藝術創作質素。這個特殊質素即是顧重光比其他中生代的同輩畫家，對傳統中國文化及藝術，似乎有著更深遠的情感與文化底蘊；這使得他在整個藝術發展過程中，即使一直畫的是西方繪畫，同時有許多更趨向現代抽象的藝術表現，但都具有中國意味的創作質素。例如他早年所作的「四靈」版畫，「青龍」、「白虎」、「朱雀」、「玄武」等四靈獸，造型來自於中國傳統符號，具有象徵性也有抽象性；內涵是出自於中國陰陽五行的觀念，又具有青銅器的古樸質感，但卻出於現代西方版畫的藝術表現形式。這在結合西方現代與中國傳統文化內含的藝術創作方向上，可說是有心、踏實而成功的具體表現。

這在當年來看，雖然是不太引人注目的小品，但內含的深度與品質卻是不容小覷的，同時也似乎是其他同輩分的中壯輩畫家未及注意（或是興趣）的藝術創作理念。倘另就今日往往大張旗鼓地強調「中西融合」的現代藝術創新表現來看，毋寧這些小品的創作品質是比較獲得筆者個人的推許。這主要的原因即是中西藝術的相融必須建立在文化底蘊的自然調和，而不能建構在外表形式上勉強地加以混合，因此在藝術上，「中西融合」始終是一個可望而不可及的理想，甚至於只不過形成一個口號式的迷思。

雖著時間歲月的繼續發展，多年來顧重光發展出許多不同的藝術創作系列，這包括陶（青）磁水果系列、拼貼剪紙系列、抽象油彩系列、閩南風土建築系列，彩色水果花卉系列，以及新疆風土系列。這一方面顯示出他多元的興趣與喜好，另一方面顯示出他在藝術發展過程中多方的嘗試與實驗，希望逐漸能釐清他個人藝術創作發展的路向。在這些系列中，有的發展十分成熟，有的並未發展完成，或者未臻理想，但這都是一個藝術家由青澀逐漸發展到成熟的必經過程。然而無論如何都仍可看到前面所說的中國人文情感的質素，在這些不同的繪畫系列中出現。

例如他所畫的陶瓷水果系列，蘋果象徵「平安」，柿子象徵「如意」，鳳梨象徵「宏旺」；當然蘋果也可以象徵西方的「原罪」，不過放在有陶瓷畫面的韻味，仍然是比較接近東方的氣息，看來和「禁果」沒什麼關係。既然繪畫是一種視覺藝

術，那必須在繪畫的藝術品質上有所提昇，不能用一些文字的意象概念即可搪塞；換言之，現代畫家強調意念、抽象或象徵手法的繪畫表現，往往落於「說」的比「畫」的好。就這點而言，顧重光所畫的民俗青花陶瓷，頗能掌握陶瓷釉色光瑩潤澤的質感，而將陶瓷特有的中國傳統民俗風味，用一種新穎現代的油畫風格來表現，這顯示出他獨有的人文情感使他在藝術表現上又一次再創高峰的突破。

六〇年代中期，他有一些抽象及符號性的油畫，顯然有受到西方抽象表現主義風格的影響，這些藝術表現不無書法符號的創作因子。顧重光本人對中國書畫一直有著相當的根底與愛好，於此則不知係來自於本身文化的薰陶較多，或是由西方轉一手的影響而開啓了他較寬廣的表現層面。但可以看出這一類的藝術表現多出於畫家經營的畫面效果，而非西方抽象表現主義較偶然性自動性風格。值得注意的是，這些作品中有些畫面空間的深度與質感頗佳，不過這個系列後來畫家並沒有繼續往下發展，可能這種過於抽象的繪畫表現並不符合顧重光個人的生命才性，或者說是亦不合他喜好的中國趣味。

在油畫方面，有一段時間他著重於臺灣民俗風土、中亞地區的風景畫，以及畫面鮮豔的水果花卉，在描繪的技法方面他看似寫實，但並不是十分極端細膩的寫實手法，而略帶圖案性、平面性或攝影性格的表現手法；同時色彩極度鮮豔，與早年深沉的用色大不同，雖然色彩鮮麗，但畫面整體的感覺上卻比較沉靜含蓄，這可說是畫家的特殊藝術創作性格。另外又可看出有版畫影響的特殊藝術形式，排列組合、拼貼等都在他的畫面上出現，也加入了許多中國民俗版畫，以及與書法相關的符號元素（這在他的拼貼畫作系列最爲明顯）。

雖然顧重光有來自於中西多元不同的藝術創作資源，但他並不是極度積極表現的畫家性格，也不是像梵谷這樣燃燒自我生命的藝術家。然而他卻又能孜孜不倦，契而不捨地在這條藝術之路耕耘；他講求生活格調，不喜歡疲於奔命的藝術創作方式。像他這樣的專業畫家，並不同於西方藝術家的生命情調，說來反倒比較接近中國畫家的文人性格。

經過數十年的累積發展，他細緻含蓄的描繪方式，成就了他不同於其他中壯輩畫家的藝術風格與特色。因此在未來的藝術家生涯中，顧重光在藝術創作上所面臨的最大挑戰與課題，則是如何整合他各時期藝術創作豐富多元風格之繪畫發展系列，從而邁向他更純粹、更精微之藝術創作境地。此次顧重光在國立歷史博物館的個人畫展，可謂係其於兩岸當代西畫藝壇中，豎立其「大佬」級地位之先聲。聊綴數語，發抒感想，用申敬意，猶不足以論其精到處爲憾也。

民國九十三年九月初秋於臺北南海學園

本文原刊於《顧重光創作展·新寫實—再現自然》，
國立歷史博物館

顧重光，從激越到境域築構

■ 劉永仁／藝評家、畫家

六〇年代的臺灣藝壇是藝術創作者大步走向變革的年代，前衛的藝術畫會與求新求變的藝術家馳騁於藝術思維的探討與辯論，他們不僅承先啓後且開創新局蔚爲時代之風，在眾多藝術家之中，顧重光是其中突出的表現者之一。觀看分析作品的脈絡風格、人品、學養與個性，始終是辨識一個畫家成長背景的線索，顧重光的作品具有東方的精神涵養與西方的表現形式，學生時代受學院的訓練，然卻不拘泥表現手法並勇於實驗創作的開放格局。顧重光是一位才華洋溢的藝術家，從青年時期嶄露頭角至今，其創作歷程豐富而多變，他擅長以各種媒材表現，包括油彩、燻煙、水墨、水彩、拼貼、版畫等各種技法，從抽象到具象繪畫，形成爲數可觀的藝術風貌。

顧重光的繪畫進展始於書法的線形寫意變化。以書法的線條入畫是現代藝術家表現的方式之一，尤其線形自身又有其無窮的空間變化，以主觀書寫滲入表現性，在寫意與構成之間創造新的視覺圖像，顯然線性演繹的造形空間，尤能精實提煉屬於象徵精神之心靈鏡射。六〇年代中期，顧重光在抽象繪畫的思考過程中，以書法筆意探索畫面在空間延展的可能性，蒼潤氤染的筆法匯聚成強烈的焦點，從而引帶出狂飆的動勢，那是一種內在喚起的抽象精神。觀1966年〈山水的聯想Ⅱ〉、1969年〈黑谷〉、〈復活〉、1973年〈奔〉，這一系列畫作宣泄酣暢淋漓與寄情宇宙時空之意境，充滿激揚的力量和速度，藝術家體現生命頓悟的濃烈氣息。

繪畫自身的目的是追求新的視覺語言，畫家面對事物的感知體悟，因主觀意向與時空變化而有所不同取捨，此乃透過具象描寫將終極關懷的心智結構滲入繪畫。寫實繪畫的核心概念是具體而微的形象，不僅是傳統寫實繪畫描繪再現物像，更是藝術家賦予想像力之可視心象，換言之，藝術家選取視覺形象的養分，不但可以取自當代各種自然實物，也可以從藝術史的進程中獲得新的啓示。七〇年代臺灣視覺藝術中的具象寫實，除了表現具有當地草根文化、景觀、色彩以及社會民情風物之外，同時還有一層濃郁的鄉情氣質隱含於其中。當時鄉土文學論戰蔓延至美術界時，敏銳的藝術家適時將照相寫實技法注入與生活息息相關的鄉土題材，顯然呼應了西方照相寫實興起蔓延的面向，同時亦順應了鄉土運動的時代使命。這個時期藝術家以鄉土題材爲養分並用精確的技藝強調直觀物象取其形神質，逼眞具象的質感，且兼具地方采風的特色，顧重光恰逢經歷斯時並感受到時代的氛圍。顧重光繪寫建築物、金門古厝抒發濃郁的鄉情，例如：〈有磚屋的春天〉、〈漁夫之家〉；然而顧重光以敏銳的洞察力特寫水果與陶碗盤系列，獲致相當的共鳴與迴響，1982年〈康乃馨與陶瓶〉，作於1985～1995年的〈夏日草莓〉，草莓伴隨冰塊，晶瑩剔透的質地散發視覺與味覺的雙重享受。1981年〈青蘋果〉，青色的蘋果與青花陶瓷器並置，青花陶瓷器的質地與色澤，彰顯古器皿經由時間留下的軌跡，引人遐思產生另類的空間連結。1984年〈和諧〉描寫各種水果與花卉聚集，2×5公尺超大尺幅，堪稱新寫實花果之最。1986年的畫作〈迷彩葡萄與魚盤〉，用水果與盤子爲投射對象以色彩編織形貌，重新詮釋水果與靜物本身的屬性，開 新的視覺重組與變異，造成微妙的色相迷宮，而這一系列的縱深探索自然衍生出顧氏鮮明的新寫實語言。

有道是讀萬卷書行萬里路，旅行觀察名山大川與人文風情，也同樣有助於激發畫家的視覺靈感。八〇年代末，顧重光開始赴大陸考察美術現況，並深入西北地區，拓展另一種異質的視野，誠如藝術村的進駐概念：「探究『他處』，企求追尋回應藝術與哲學，並招喚世代藝術家，經由行旅朝向異鄉。」無疑地，顧重光遊歷的異質經驗轉化爲創作的養分。自九〇年代以來，顧重光的繪畫，除了繪畫遊歷見聞的景象，更貫注集先前的表現手法，尤其運用版畫的複數性特色，藉由傳統木刻版畫中的圖像擷取養分。例如：門神、佛像、吉鳥、祥獸、史前圖騰等，用拓印版畫技法拼貼，如〈東西方的探索〉、〈石榴的對位〉、〈新年柿〉等，這些樸實耀眼的圖像精靈，融合了油彩、版畫、裱貼彩墨複合層面，畫面分割景物參照對應，形成「滿」空間境域築構之藝術精神。

本文原刊於《新寫實精神・顧重光油畫集》，
正因文化

尋覓新寫實的藝術成就—《藝術收藏＋設計》雜誌專訪顧重光

■ 李鳳鳴／特約藝評

物資匱乏的 1950 年代，當時就讀師大附中的顧重光在圖書館讀到《世界美術全集》後萌生繪畫職志。從附中全班最後一名到發下師大美術系油畫第一名畢業的豪語，年少輕狂但有過人堅持，勇於探索造就轉折萬千的多元創作風格，他從不自限思維，所以總是走在創作風氣先端。1977 年後適逢臺灣鄉土論戰，顧重光的路線遂轉為寫實，尋訪在地景致，稍後更以微物題材達至新寫實地位的飛躍。他描繪飽滿果實、豐豔花朵和樸實的青花色陶盤，儘管仔細刻畫光影之瞬變，卻不單純以寫實為目的，力求的是「逼真」再現現實生活。1980 年代末至今，顧重光仍持續嘗試新題材及構圖的突破。一路上尋覓顧盼，各種風情卻因此被攬進畫裡，開展出他獨樹一格的藝術道途。

1957 年那一年，顧重光 14 歲，初中三年級，日子充滿著最青春叛逆的特質，根據他的說法，當時常常是「不負責任」的上課態度，但這一年也改變了他一生的志向，這一年是他第一次接觸到油畫。

採訪顧重光位於臺北畫室當日，原本的 30 幾坪畫室空間，分割給兒子當作結婚新房，空間縮小後，創作精神依然不減。喝著他自製的普洱茶（普洱加上新疆磚茶及臺灣的東方美人茶），聊著那些不常被回憶的往事，某方面來說，他對於藝術一直有種堅持自我的頑固。

立定藝術志向的啓蒙

物質缺乏的 50 年代，顧重光很幸運可以很早就接觸到油畫，其父親於 1957 年從美國學成歸國，

當時顧重光一心嚮往繪畫，便要求父親回臺灣時能帶一些繪畫用具給他，父親回來時帶了一個大木箱，裝滿了木炭筆、鉛筆、水彩畫顏料、毛筆、油畫顏料、油畫紙等，以及版畫用具如刮刀、絹印框等，幾乎是個繪畫用具的百寶箱，從此開啓了他的創作之路。

同年，他進入馬白水的畫室習畫，從〈月夜歸航〉這件作品來看，14 歲的少年能夠如此描繪日落景致，構圖與色彩的掌握上，看得出來他相當具有繪畫概念了，師大附中畢業以後，他堅持將志願定在師大美術系也完全不令人意外。「除了師大美術系，別的系我不要念，當時藝專只有美工科，美工科我也不要念。表格可以填一百多個志願，我只填一個就沒有了。」可知當時顧重光已經相當明確知道自己要學什麼，知道自己一該走哪一個方向。

不僅如此，進入師大美術系後，他油然而生更具抱負的目標。他說：「進去師大以後，我就跟其他同學說，你們要好好認識我這個人，因為這個人是要第一名畢業的！當時大家都覺得我在開玩笑、在吹牛，我說我一定會油畫第一名畢業，如果沒有辦法油畫第一名，我就不畢業。」看似輕狂了些，狂妄了點，卻是他大學期間努力的目標。最後在畢業系展中，他以優異的油畫第一名畢業。

創作風格的摸索與探求

翻開顧重光的回顧性畫冊，發現大學時期的他曾在油畫方面做過許多嘗試，除了學校作業之外，他自己在家裡創作了不少自由發揮的題材，比如作品〈荒山之夜〉，靈感來自俄國作曲家穆索爾斯基（Mussorgsky）的曲子〈荒山之夜〉，畫面的

主角是一隻黃色的梟鷹與紅黃火光，色調晦暗神秘，並且在油畫中混合砂子營造特殊肌理，該作當年送到香港國際沙龍，入選後被評選為第三名，但臺灣沒有人知道得獎者就是顧重光。

畢業後不久，顧重光進入文化大學藝術研究所進修，修業完畢後則開始在中原大學與東海大學兼課，他雖然一邊教書，藝術創作則不曾間斷，這時期的作品畫面層層疊疊著墨、拼貼的紙張、壓克力、燻煙等媒材，這些複合媒材的運用增強了畫面的豐富性，亦思索如何把東方文化精神折射在畫面中。

70 年代初期，顧重光在作品中將書法的筆畫拆散，運用書法的形式加上版畫絹印的技巧，創作了大尺幅的作品，如〈黃沙之鳳〉，集合了圖形與書法的形與勢，以白、橙、黑三色的溫暖色調透露出豐富訊息，彷彿訴說著遙遠的東方文化起源。如果以目前的當代藝術來看，顧重光早在 1970 年代就把書法文字解構重組，目前多位中國當代藝術家的主要作品亦是以中國文字為發想，這點可說明，顧重光當年對於藝術的思考已走得相當前面，可說是當時的前衛觀念藝術了。

然而，這些帶有書法風格的作品與類似抽象表現主義的作品在 1977 年以後就消失了。主要原因是，顧重光的一趟美國之旅，讓他體認到東方人對於抽象表現主義並沒有優勢，回臺灣後適逢鄉土論戰，藝術界也前呼後擁地做出回應。顧重光第一張轉變到新寫實的作品，即〈有磚屋的春天〉，描繪鄉下那種紅磚砌的傳統建築。

回到新寫實道路耕耘

自作品〈有磚屋的春天〉後，顧重光在臺灣持續探索著與鄉土連結的景致，描繪了一系列閩南式建築，牆頭上的花磚、斑駁的白粉牆、反應庶民生活的物件如雞籠、藤椅等，在這些作品中，顧重光透過對建築物的新寫實畫風，捕捉臺灣，尤其是中南部與外島澎湖那種純樸的農家／漁家生活面貌，畫面沒有人物，反而引出一股靜謐的閒情氣氛，讓人不禁懷念起舊日社會的濃厚純樸。

建築物之外，顧重光亦開啟了描繪水果、花卉的系列，如〈夏日草莓〉一作，創作日期從 1985 年至 1995 年，跨越了整整十年，描繪局部放大的草莓與冰塊，仔細刻畫每處細微的光線陰影變化。又如作品〈蘋果雙魚盤〉，這是一張巨幅的靜物，是顧重光對大型靜物畫的一次嘗試，放大的水果與陶盤讓觀者殘留更深刻的視覺印象，圖中的雙魚陶盤是早年典型的閩南式器皿，運用青花的藍色手繪在陶盤的白底上，反映一種民俗的美感情趣。這些作品自然奠定了顧重光在新寫實主義的創作地位。

從鄉土寫實到新寫實，作品力求「逼真」，但仍有別於極致的照相寫實，主要是客觀、真實地再現現實生活，並且透過攝影技術作為輔助，追求逼真的描繪。正如顧重光所繪畫的題材，新寫實主義的作品主題來自生活周遭的人、事、物，對顧重光而言，他將重心放在水果這項主題上，雖然是寫實風格，卻又因為尺寸的放大，讓觀者對畫中那個熟悉至極的主題，產生另一種新的觀看方式。此外，顧重光辭去教職轉為職業畫家的這項事實，無疑反映了當時臺灣的藝術收藏傾向，在經濟起飛的年代，藝術收藏族群對於此類鄉土寫實、新寫實作品的喜好。

1988 年顧重光第一次前往新疆，回教文化的異國情調令他沉醉，前後共去了八次之多，對於新疆的人文風情也多有描繪，牧羊女、市集、清真寺、維吾爾族等，在顧重光的繪畫創作中鮮少看到人物主題，唯獨讓新疆的維吾爾族人入畫。

對位的畫面構圖

在新寫實風格上，顧重光除了單純地再現水果、花卉之外，構圖上他亦有個人式的突破，例如 1997 年的作品〈石榴的對位〉，融合油畫的寫實石榴與中國畫的水墨石榴，將它們層疊並存於同一張畫面中，一方面結合東西方的繪畫精神，一方面開拓新的構圖美感。而 2000 年之後，仍繼續創作了不少此類的作品，如作品〈東西方的探索〉，由三張畫布組成的大畫，分割畫面把三種媒材聯合在一個畫面中，題材包括油畫的水果（蘋果、柿子、

李子）、古代河南朱仙鎮的版畫，以及壓克力製成的方形肌理畫面，結合油畫、版畫、壓克力畫，分別代表了西方寫實、東方意象、抽象肌理這三種繪畫語彙，展示了他企圖融合東西方的藝術追求。

顧重光的畫室充滿歷史感，還可看到二、三十年前出版的書籍，作畫的空間周圍，堆滿了書籍、資料、繪畫用具等，可感覺得出來，在這個朝夕相處的空間裡作畫，對他來說最為自在。畫架上放著尚未完成的小畫，新寫實繪畫伴隨他將近30多年，他則在新寫實繪畫中，開創那些獨特的道路，享受尋尋覓覓的藝術成就感。

李：先請你講述小時候的背景，對於藝術的興趣是從何時開始的？

顧：開始產生興趣大約是初中二年級，我出生在重慶，父親的籍貫是江蘇，母親是湖北，1949年全家遷移到臺灣。開始對繪畫產生興趣，大概是念初中的時候，因為我念的是師大附中，師大附中的圖書館就在我們教室旁邊，我們常常在圖書館旁邊玩，當時圖書館的門禁不是很森嚴，有的時候管理員會忘記關門，我們就溜進去，裡面有很多特別的書籍，那時候又非常好奇，就跑進去書庫裡面翻書，有一套《世界美術全集》，是日本講談社印的，當時從那上面看到了很多美術作品。

在裡面可以看到許多畫家的情形，我尤其對梵谷的畫很有興趣，那時候剛好又有出梵谷的傳記。當然不止梵谷一個人，很多藝術家的畫都對我們有很大的吸引力，從那時候開始，就會在家裡塗塗抹抹的。初中二年級的時候我很調皮，那時候我父親就問說，要不要找個老師學畫？我自己其實也沒想去學，後來我父親就找到當時的水彩畫家馬白水，他在和平東路那邊有一個住家跟畫室在一起的地方，有開班收一些學生，我們當時住在永和，到和平東路去還不算太遠，那時候就去跟馬白水學水彩了，一直學到高中畢業，總共學了四年，高中畢業之後就去考師大美術系。

李：高中的時候就很確定自己要念美術系了嗎？家裡有沒有反對？

顧：對！家裡反對也沒有用，畢業以後我就去考師大美術系，第一年沒有考取，然後就念補習班，第二年再考一次，就考取了，除了師大美術系，別的系我不要念，當時藝專只有美工科，美工科我也不要念。表格可以填一百多個志願，我只填一個，所以跟家裡面的長輩也起衝突，因為如果考不取的話就會成問題，他們問我為什麼不多填幾個，我說我不要。

李：這表示你應該是個很堅持的人！

顧：不曉得，就只覺得應該必須是這樣做嘛！因為要念這個東西，科系只有一個，那就只能填一個了。我以前在師大附中的時候都是最後一名，成績非常不好，進去師大以後，我就跟其他同學說，你們要好好認識我這個人，因為這個人是要第一名畢業的！當時大家都覺得我在開玩笑、在吹牛，我說我一定會油畫第一名畢業，如果沒有辦法油畫第一名，我就不畢業，一定要等到油畫第一名了才要畢業，後來四年級的時候，在系展中我就是油畫第一名畢業。

李：你給你自己立很多挑戰性的目標。

顧：類似這樣，因為年輕的時候比較不知天高地厚，總是覺得自己能力很強，很有拼勁，所以總是做出一些很奇怪的事情。

李：進入師大之後，除了之前在補習班學的水彩技法之外，進到師大裡頭就對西畫特別感興趣？

顧：我進師大那時候沒有分組，什麼都要學，大家對於所謂要專心做什麼樣的畫，大概一進去之後，一年級、頂多二年級就志願已定，所以也就朝著那個方向走，老師也會看學生大概比較趨向哪一個方向，所以西畫老師對於想學西畫的同學就特別注意，想學國畫的同學，國畫老師就會比較看中，至於在課業上面，各科的作業都一律得交，但是一般老師在評分上會客氣一點，因為即使不想畫國畫，或是不想畫西

畫，那個課的作業也是要交，老師在那方面的作業上，可能就會讓學生比較輕鬆一點過關。

我們要學的東西很多，學西畫的油畫、水彩、素描這些東西，國畫裡面的花鳥、山水、人物都要學，另外還要學設計、雕塑，還有學科比如教育心理學、教育概論、美學等，這些東西都要在四年裡上完。不過我念師大美術系，當然是覺得比較如魚得水，因為自己真正想學這些東西，所以才會進去，就會學的很好，我幾乎是每節課都上，也都不會翹課，完全改變了高中以前那種比較不負責任的上課方法，所謂比較不負責任的上課方式就是在課堂上卻心不在焉。

李：念師大的時候，有沒有特別受哪些老師的影響？或是曾經發生一些特殊事件？

顧：進入師大一年級時，跟陳慧坤學素描，跟林玉山學花鳥，二年級跟李石樵學素描，跟馬白水學水彩，三年級跟廖繼春學油畫，跟郭軔學水彩，跟張德文學花鳥，一直到畢業。我的畢業製作指導是廖繼春油畫、李澤藩水彩、黃君璧山水。

要說有什麼特殊事件，比如像黃君璧就對我非常不滿。那時候他是系主任，因為我很調皮、很叛逆，我不想畫國畫，不僅僅是排斥，還偷偷做很多他很不願意看到的事情，比如我們每個禮拜要交一張臨摹的畫，畫到四年級的時候，大家可以根據稿子畫，另外加一些自己的想法，我就找了一張非常長的紙，通常老師看了之後會在底下空白處打個記號或簽個名，我第二個星期就把那塊老師寫的記號剪掉，再交同一張作品，結果到第二次的時候就被發現，這張畫老師已經看過了，就被罰要畫十張，變偷雞不著蝕把米。不過，我們那時候當學生真的很幸運，可以跟像廖繼春、李石樵、郭軔、馬白水這些老師們學習。

李：在師大的時候，畫什麼樣類型的作品多？

顧：在學校裡畫的作品，多半根據老師的教導，〈月夜歸航〉跟〈靜物（水果盤）〉這兩張畫是我初三時的作品，我在家裡畫的作品跟在學校不一樣，在學校裡比方說畫靜物、人物、風景，老師都還會常常說我們：還不會走路就要跑！但是在家裡我卻可以自由的創作。

李：但你大學時期自己創作的作品，用色看起來都很憂鬱，感覺很抑鬱。

顧：其實不是憂鬱，是褪色，那時候的顏料很不好，所以現在在畫冊上看起來會比較暗。年輕的時候創作，多半是少年不識愁滋味的那種想法，所以盡量要畫得讓別人看起來很深刻，這是基本的做法。

李：畢業之後就在臺灣藝術館辦了第一次的個展，能稍微談一下嗎？

顧：那時候臺灣藝術館裡面所謂的畫廊，基本上就是走道左右兩邊展出，他們叫做畫廊，當時接受申請，展出的畫是從大學二、三年級以後到畢業畫的，這幾年的畫還不少，所以可以利用這個地方展覽。第一次個展，也就糊裡糊塗地展了。

另外值得一提的是，我們大學時代組織了一個「年代畫會」，包括我、姚慶章、江賢二，「年代畫會」的三人聯展比我自己的個展早，1965 年在省立博物館（現今稱為臺灣歷史博物館）展出，當時引起的注意比較多，報紙有相當大的篇幅報導這件事情。我有很多事情是顛倒的，第一次在繪畫上得獎，是我大三升大四的時候，參加香港國際繪畫沙龍得獎，然後才開了聯展，再來才開個展。

李：你當時的作品裡面還運用了沙去營造一種粗糙感的肌理？

顧：對，用沙做底，打底的時候，在油畫顏料上面混合著沙，或者是把沙撒在畫布上面，顏料乾了之後，沙就會固定在上面。

李：師大美術系畢業之後呢？

顧：畢業後就去左營當兵，因為我認識的一個老師在左營高中當教務主任，所以我去到左營就跟

他聯繫，他說我有空的時候可以去左營高中上上課。在左營當兵的時候，我在空軍高砲，部隊就在左營軍區裡面，剛好就在左營高中外面，靠海邊，我走路就可以到學校。

這個老師在我高中一年級的時候是我的導師，是位非常了不起的老師，而且他就是瓊瑤第一本小說《窗外》所描寫的男主角，因為那時候他跟瓊瑤師生戀，瓊瑤的爸爸當時是教育廳廳長，非常反對師生戀愛，就把這個老師趕到中壢，在中壢中學教了一年，又把他趕到高雄左營，他到左營後就定下來了，一直到過世。這位老師非常特別，我高中畢業的時候去看他，他問我：「你準備考哪一系？」，我說：「我準備考歷史系」，他說：「不成，你不是念歷史的！」，我說：「那我念藝術系？」，他說：「那還差不多！」，他雖只教了我們一學期，但對我們每個人都非常清楚。

李：退伍之後為何又還會想要繼續念研究所呢？

顧：那時候要念研究所，只有文化大學有藝術研究所，當時我教書的地方在基隆的第四中學，一星期只有六、日回臺北，但覺得日子過的很辛苦，薪水是 760 元，加上伙食費補助大概有 200 元，所以加在一起大概有 960 元，等於是一點點錢而已。我那時候又抽煙，一包 10 元，一個月需要 30 包，300 元就去掉了，中午包飯也是 10 元，所以一個月又去掉 300 元，少了 600 元，最後剩下 360 元在口袋裡，但也一下就花光了，所以那時候覺得做中學教員做得狠辛苦，才會想說去考個研究所看看吧！就這麼一個打算。

李：當時師大畢業的學生可能就是教書教到退休，否則就是出國，你曾經想過出國嗎？

顧：像我師大附中的其他同學大都是去美國，師大的同學出國的只有兩、三個女生。我沒有想過出國，因為沒有錢，我這個人其實是比較懶惰的，對於要照顧生活，要去找錢，還要念書這種事情我會感到很煩，而且學美術的人，那時候要去美國念的話，也沒有創作班可以讀，

多半都是去念美術史或美術評論，沒有念藝術創作的。我在附中唸書的時候，英文對我來說並不困難，我可以講，可以看書，那幹嘛還要跑去美國，搞得這麼辛苦。另一方面是家庭裡面對於這個事情並不鼓勵，我上面還有一個哥哥，他是學電機的，所以他們的想法是，應該讓我哥哥去念，我這個學美術的就算了，我自己也一直沒有這種想法。

李：念完研究所之後呢？

顧：教書。起初我是到處都教，後來又回到基隆教了一下，然後跑到臺北一些中學裡面教，但是都非常短期，當時的醒吾商專有商業設計科，所以我就去那邊教書。之後因為劉國松要去美國了，所以就把中原大學的教職讓給我，那是兼任的，他走了之後我就跑去那邊教。後來臺中東海大學的莊喆也準備離開東海到美國去，所以也把東海的課讓給我，於是我在兩個地方兼課，時間就差不多占滿了。

李：教書的這段期間還是參加了很多展覽。

顧：對，一直都有很多展覽，畫家的任務就是要一直創作作品。當時帶有書法風格的抽象作品幾乎一直都在做，是主要的風格，偶爾當然也畫一些人物、靜物的作品。

李：談談這系列帶有書法風格的抽象作品的想法或靈感。

顧：這些作品主要的靈感是從書法來的，加上版畫的絹印技巧，進一步把書法的筆畫拆散，變成運用書法的形式，但看起來不像一個字，只是運用書法的筆觸，加上版畫的一些壓印技巧，把版畫跟書法放在一起是當時想到的做法。

李：而且當時就已經做很大尺寸的作品了。

顧：對，很大。當時當然也有一些原因，我們那時候還沒有退出聯合國，所以在國際上有很多的展覽會邀請我們，像巴西聖保羅雙年展等，世界各地各國家都會邀請我們參展，所以我就會創作一些畫，當然有機會的時候就去參加徵選，運氣也不錯，很多評審委員選到我的畫，

就可以參加一些國際上的展覽會。

李：類似這種比較抽象概念的作品，是不是也受美國抽象表現主義的影響？

顧：有，那時候剛好是抽象表現主義非常強的時候，我們接觸到這個東西，當然不能根據西方的那種想法去畫，我們要把東方的精神放進去，就是抽象表現主義加上東方精神結合在一起。

李：為何在 1977 年轉換了創作風格？

顧：1977 年以後我就轉換到比較具象的創作風格，因為我在 1976 年去了美國一趟，1975 年年底到 1976 年年尾住在美國，舊金山、紐約各半年，看了很多，尤其住在那邊會吸收很多西洋的東西，當時就覺得抽象繪畫是洋人玩的玩意，東方人要跟他拼，不見得有好處，所以回來以後，當然會很自然整個地轉向，轉到跟當時藝術界連在一起的氣氛。

1976 到 1977 年在臺灣，剛好文學上有一個很大的轉折，就是所謂的鄉土論戰，針對這個鄉土論戰，在藝術上必須要做出一些回應，所以那時候我就想對鄉土做一個迴響，當時我們跑到南部或到外島做一些探求，金門、馬祖我們去不了，只能去澎湖，在本島尤其是中南部，有一些古老的閩南式建築，我漸漸對這些產生興趣，另外也開始找中國古代一些具有象徵意義的東西，也把它們放進創作裡面來，我想藝術家總是跟當時的文藝界氣氛是息息相關的。

李：你那時候也開始了一系列版畫拼貼作品。

顧：對。那時候剛好廖修平從美國回來，他在家裡面設了一個工作室，並且歡迎畫家們去他的工作室做版畫，但是小時候只能做木刻，對於這種銅版不了解，正好他有這個工作室，還邀請了很多畫家去那邊做做看，對我也很有幫助，也會找到一些做法。

李：你後來辭退了教職，原因是什麼？

顧：在 70 年代，我們退出聯合國以後，跟日本、

美國斷交，直到 80 年代以後，所謂的畫廊時代開始之後，我們賣畫賣得比較多，從當年只有外國人才買畫的情況，變成本國人也買畫，這個時候的需求量就比較大，畫家都希望向國內收藏家展示他的畫，那些藏家也買這些本國藝術家作品，所以那時候我就轉變了方向，專心做畫展。再加上我們退出聯合國以後，國際上的展覽機會也少了，在這個時候又加上鄉土論戰，要找尋本土，所以就產生了這類的作品，剛好把新寫實跟鄉土，以及本土風格的想法建立起來，我畫了很多澎湖的景色，當時澎湖對我們而言已經相當新鮮了，而且那邊的環境保存得也比較好。

李：這張畫軍人主題的作品〈勝利〉滿特別的。

顧：這張畫可以說是一個奇蹟，看畫冊跟看原作完全不一樣，在這張畫裡面，如果從左邊一直看到右邊，一直盯著吉普車的車燈看，會發現車燈一直是跟著你的。這張畫有八公尺這麼寬，我自己畫的，連我也覺得奇怪，很神奇的一件事情，這張畫現在還在金門古寧頭戰史館，本來是國防部委託我畫的，後來轉給金門縣政府，這張畫就變成金門一個特殊的奇蹟了。

李：你有一些裱貼彩墨的作品，是嘗試還是延續了一個系列？

顧：我一年裡面，可能不同的時間做不同的畫，所以穿插著不同風格的作品，自從轉變到新寫實的風格之後，就一直畫新寫實的作品，當然也有其他的風格，也不斷地在改變，比如有不同於早期畫法風格的系列，但基本上還是按照新寫實的畫法。1988 年我有一個機會去到新疆，從 1988 年以後，雖然中間有間斷，但一直到 1996 年，我大概去了八次，所以也創作了很多有關新疆的作品。

李：新疆肯定特別吸引你，才會去了八次。

顧：新疆比較特殊，那裡的人文跟地理狀態跟一般他們講的「口內」，也就是跟中原地區非常不一樣，那邊的景觀特別壯觀，山、水都特別寬闊，新疆的地方大，新疆的一個省就有 46 個

臺灣這麼大。人文上來講，基本上都信回教，伊斯蘭風格跟內地完全不一樣，走到鄉間，看到的尖頂都是清真寺。民族也不同，雖然最多的還是漢人，但是有一些村落是維吾爾族，天山以北都是哈薩克族，基本上分占了新疆，新疆講起來有 13 個種族，但主要是維吾爾族，第二大的是哈薩克族，所以在那裡繪畫，場景完全不一樣，看起來完全不是中原文化的地方，而是個伊斯蘭文化景觀。

李：你有去過其他回教國家如土耳其嗎？

顧：沒有，我只去過新疆，很可能下一次要去土耳其看看。最近沒有很多機會出國，我出國多半是有什麼任務，比如說展覽或是一些活動才會去，要單獨去旅遊我是不會去的，我這個人沒有什麼旅遊的欲望，旅遊必須要有附帶任務才會去，如果沒有任務跑去幹嘛？

李：就是一種休閒活動，放鬆自己。

顧：我沒有休閒，我的休閒活動就是畫畫！在臺灣的旅遊也是因為有什麼活動而去的，從臺北一直到屏東，都是有事情去，順便旅遊一下，像去外縣市開展覽或是當地有什麼評審活動，然後去轉一轉，帶著照相機，活動可能半天就結束了，另外半天接待的人會帶我們到處逛。差不多 30 年前，交通還不是這麼方便，去外縣市的時候，多半是市政府那些人會招待我們一下。我不會有旅遊的狀態，完全沒有。

李：水果系列作品，很多你都是以局部放大來處理。

顧：對。因為每一種水果都有它自己的特性，要把它畫得很好不容易。像有一張〈石榴的對位〉是畫石榴，很少會看到石榴能夠堆成一大攤，通常買石榴都是一個、兩個，但在新疆專門產石榴的地方，收成的時候水果是堆成山，而且每一顆石榴都大的不得了，等於像一個小孩的頭這麼大，而且很紅。

有時候買桃子或梨子，攤販在地上鋪一個布，桃子四個一堆賣，因為如果是女生買，買了之後老闆就會叫她把裙子撈起來，水果就直接放在裙子裡，因為新疆女生多半是穿長褲跟裙子，現在比較流行穿一條牛仔褲，裙子穿在外面，裙子撈起來就當購物袋了，很有趣。

李：關於水果系列，有沒有哪一種水果對你來說最難以畫？

顧：比較難的、不好畫的有很多，通常會很難一下子畫完，就是那些帶有規律形狀、但表面不是那麼光滑的，比如鳳梨，我曾經畫過一張，那就非常難畫。

李：目前創作的狀態與重心大概為何？

顧：還是一樣，就是新寫實的油畫繼續畫，主要就是水果系列及花卉系列，另外還有水墨拼貼系列，也有畫像敦煌莫高窟裡面千佛洞的主題。

本文原刊於《藝術收藏＋設計》雜誌

生命・思考─早期作品
1957-1964

從初中三年級（1957）最早的兩件油彩試作，
到 1964 年台灣師大藝術系畢業前夕，可視爲顧
重光創作生命的早期。這期間的作品，有許多
是對「人」的關懷，也是對生命的思考；帶著
存在主義的色彩，畫面色調較爲黯淡，時常有
大量的黑、紅，和金黃，給人一種神祕、遙遠
的想像。

靜物（水果盤）
Still Life Fruit Plate

20×30cm　1957
油畫／油畫用布紋紙
Oil on Paper Canvas

月夜歸航
Sail Back Under Moonlight

30×22cm　1957
油畫／油畫用布紋紙
Oil on Paper Canvas

遠古夜祭
Ancient Ceremony at Night

85×130cm　1962
油彩＋砂＋明膠／畫布
Oil+Sand+Indus Trial Glue on Canvas

受難
The Crucifixion

114×92cm　1962
油彩＋生麻布／三合板
Oil+Raw Linen Collage on Wood Panel

少女的畫像
Portrait of a Young Girl

65×51cm　1963
油畫／畫布
Oil on Canvas

桌上靜物
Still Life on Table

55×66cm　1963
油畫／畫布
Oil on Canvas

靜物（小白花與木瓜）
Still Life Little White Flower
and Papaya

29.5×47.5cm　1963
油畫／畫布
Oil on Canvas

長春祠的黎明
The Early Dawn of the Ever Green Shrine

116×71.5cm　1963
油畫 / 畫布
Oil on Canvas

1964 年參加香港國際繪畫沙龍入選
1964 Join the 3rd Hong Kong International Painting Exhibition

荒山之夜
Night of Bare Mountain

112×86.5cm　1963
油彩＋砂＋明膠／畫布
Oil+Sand+Indus Trial Glue on Canvas

1964 年參加第三屆香港國際繪畫沙龍入選並獲銅牌獎
Join the 3rd Hong Kong International Painting Exhibition won the Price Bronze

浴後
After Bath

116×91.3cm　1964
油畫／畫布
Oil on Canvas

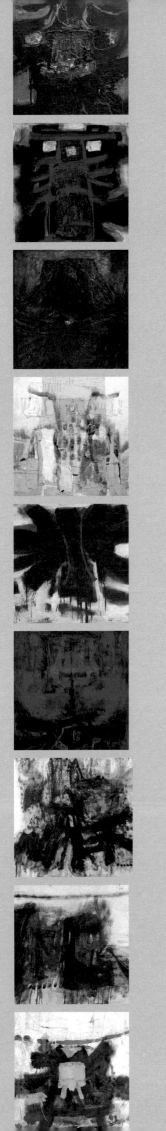

形符・轉換—符號抽象系列
1964-1966

這是從 1964 年師大藝術系畢業前一年到 1966 年入伍前夕，三年間的作品，也正是顧重光和姚慶章（1941～2000）、江賢二（1942～）等同班同學人組成「年代畫會」，展現爆發、尖銳的前衛風格，被藝評家楊蔚形容為「一支尖銳的現代的箭」的一段時期。畫面構成以一種具有形符特色的寬扁墨線，採取大量的裱貼紙配合油彩創作，更加入獨創的燻煙技法，形成一種兼具朦朧與蒼勁的水墨般效果的一批創作。

辛羊
The Ancient Style

60.5×44.5cm 1964
油彩＋裱貼紙／畫布
Oil+Paper Collage on Canvas

龍舞
Dragon Dance

183×91cm　1964
油彩＋裱貼紙／畫布
Oil+Paper Collage on Canvas

獨角人
The Unicorn Man

60×49cm　1965
油彩＋裱貼紙／畫布
Oil+Water Color+Paper Collage on Canvas

掠
After Massacre

183×116cm 1965
油彩＋裱貼布／畫布
Oil+Fabric Collage on Canvas

焚
Burn

145×112cm　1965
油彩＋裱貼布＋熏煙／畫布
Oil+Fabric Collage+Candle Smoke on Canvas

域外的垣
Wall Out of Frontier

162×130cm　1965
油畫／畫布
Oil on Canvas

國立臺灣美術館典藏
Collection National Taiwan Museum of Art

剝落的語言
Falling language

91×72cm　1965
亞克力＋墨＋裱貼紙＋熏煙／畫布
Acrylic+Ink+Paper Collage+Candle Smoke on Canvas

一升弧與我
One Little Bow and Me

91×60.5cm　1965
亞克力＋墨＋裱貼紙＋熏煙＋三合板
Acrylic+Ink+Paper Collage+Candle Smoke on Wood Panel

山水的聯想 I
Landscape Connection I

69.5×180cm　1966
亞克力＋水墨＋裱貼紙＋熏煙／畫布
Acrylic+Water Ink+Paper Collage+Candle Smoke on Canvas

山水的聯想 II
Landscape Connection II

93×189cm　1966
亞克力＋水墨＋裱貼紙＋熏煙／畫布
Acrylic+Water Ink+Paper Collage+Candle Smoke on Canvas

圖文・並置—油彩絹印系列
1969

結束 1966 年年中到 1967 年年底一年半的預官役期，
1968 年顧重光考入中國文化學院（今文化大學）藝
術研究所當學生。緊接的一年（1969）中，緊密地
創作了一批結合油彩與絹印的作品，在畫面上呈顯
一些傳統版印的圖像，和文字解構後的符號加以並
置，並以平塗的油彩區隔構成，顯然受到普普畫風
的一定影響與啓發。

肖像 A
Portrait

60.5×50cm　1969
油彩＋絹印 / 畫布
Oil+Silk Screen on Canvas

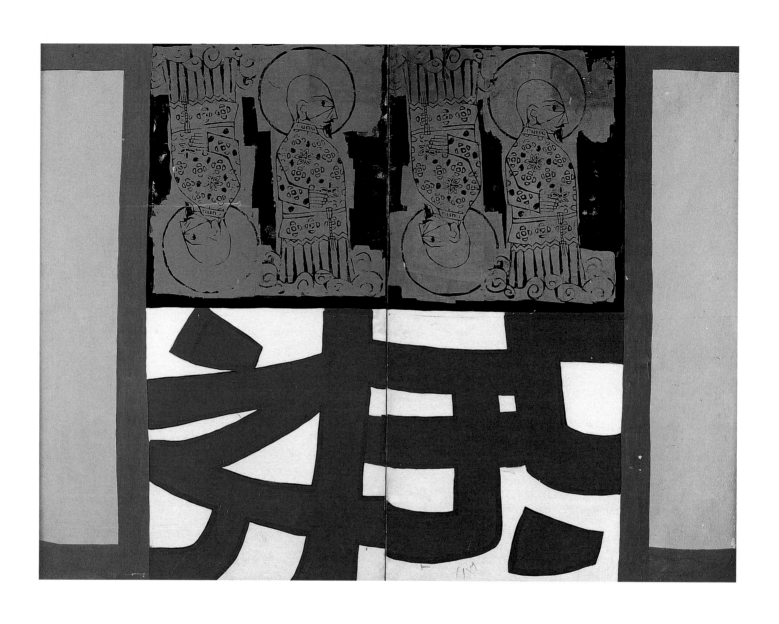

靜寂之園
The Land of Silence

149×190cm 1969
油彩＋絹印／畫布
Oil+Silk Screen on Canvas

白色的語言
White Language

133×163cm　1969
油彩＋絹印／畫布
Oil+Silk Screen on Canvas

黃沙之鳳
Phoenix on Sand

133×262cm　1969
油彩＋絹印 / 畫布
Oil+Silk Screen on Canvas

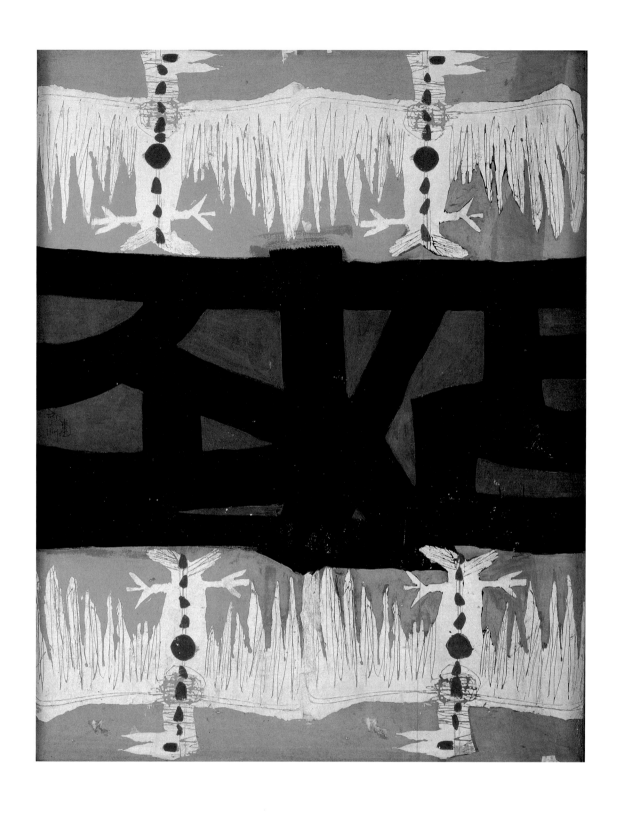

白鳥
White Bird

163×131cm　1969
油彩＋絹印／畫布
Oil+Silk Screen on Canvas

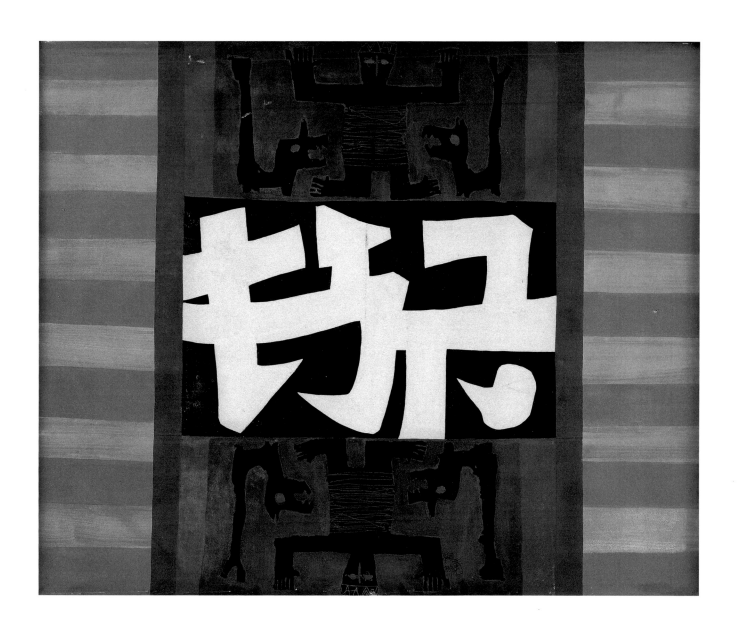

人
Human

131×162cm　1969
油彩＋絹印／畫布
Oil+Silk Screen on Canvas

大塊・書寫—書法抽象系列
1969-1977

第一階段的抽象，基上本仍以符號的構成為主軸，從 1969 年的〈復活〉、〈黑谷〉這些較具字形傾向的作品，轉入 1970 年之後，帶著流線、折線，和圓、方造形的風格。

1973 年至 1977 年的第二個時期，顧重光放棄了符號的暗示與構成，進入一種純粹書寫的抽象表現，線條以一種左右運動、或四向輻射的方式構成，極具動感與力量，畫面色彩也轉為更加豐富與強烈。而在技法上，除了仍然保留某些燻煙的技巧外，畫面不再有裱貼或拓印的手法，回到油彩本身純粹的書寫、揮洒；對黑色的執著，仍然可以看出對中國傳統的眷戀。

復活
Revival (Resurrection)

130×90cm　1969
油彩＋熏煙／畫布
Oil+Candle Smoke on Canvas

拜日祭典
Ceremony of Sun Worship

41×31cm　1969
油彩＋熏煙／畫布
Oil+Candle Smoke on Canvas

黑谷
Black Valley

80×116cm　1969
油彩＋熏煙／畫布
Oil+Candle Smoke on Canvas
臺灣土地開發公司購藏

月出夜霧上
Moon Come Out of Night Fog

45×60.5cm　1970
油彩＋燻煙／畫布
Oil+Candle Smoke on Canvas

陽光之下
Under the Sunlight

45.5×60.5cm　1970
油彩＋熏煙＋絹印 / 畫布
Oil+Candle Smoke+Silk Screen on Canvas

黑鷹與飛
Black Eagle and Fly

50×60.5cm　1971
油彩＋熏煙／畫布
Oil+Candle Smoke on Canvas

大地之境（龍舞之Ⅱ）
Land of Great Earth

162×112.5cm　1971
油彩＋熏煙／畫布
Oil+Candle Smoke on Canvas

不朽烈日（龍舞之Ⅲ）
Eternal Bright Sun

162×112.5cm　1971
油彩＋燻煙 / 畫布
Oil+Candle Smoke on Canvas

峰頂白日
White Sun on Peak

50×60.5cm　1972
油彩＋熏煙／畫布
Oil+Candle Smoke on Canvas

羿射四日之後
After Yee Shot Four Suns

72.5×91cm 1972
油彩＋熏煙／畫布
Oil+Candle Smoke on Canvas

春山綠雲
Green Cloud Over Spring Mountain

72.5×91cm　1972
油彩＋薰煙／畫布
Oil+Candle Smoke on Canvas

傍水夏日
Summer Sun Beside the Water

50×60.5cm 1972
油彩＋熏煙／畫布
Oil+Candle Smoke on Canvas

在藍色月下移動
Move Under Blue Moon

50×60.5cm　1972
油彩＋熏煙／畫布
Oil+Candle Smoke on Canvas

白日之焚
Burning Under the Bright Sun

50×60.5cm　1972
油彩＋熏煙／畫布
Oil+Candle Smoke on Canvas

陽光之祭
Ceremony Under Sun

60.5×50cm 1972
油彩＋熏煙／畫布
Oil+Candle Smoke on Canvas

記功碑
Monument

54×39cm　1973
油彩＋熏煙／紙本
Oil+Candle Smoke on Paper

山水（遙想范寬）
Landscape (Homage to Fan-Kuan)

91×72.5cm　1973
油彩＋熏煙／畫布
Oil+Candle Smoke on Canvas

奔
Run

91×72.5cm　1973
油彩＋熏煙／畫布
Oil+Candle Smoke on Canvas

烈日
Bright Sun

123×155cm　1973
油彩＋熏煙／畫布
Oil+Candle Smoke on Canvas

架上果實
Fruits on Cross

50×60.5cm 1973
油彩＋熏煙／畫布
Oil+Candle Smoke on Canvas

作品 1973-006
Opus-1973-006

72.5×91cm　1973
油彩＋熏煙／畫布
Oil+Candle Smoke on Canvas

深海之遊
Travel in Deep Sea

130×163cm 1973
油彩＋熏煙／畫布
Oil+Candle Smoke on Canvas

洶湧的潮
Rush Waves

163×107cm　1973
油彩＋熏煙／畫布
Oil+Candle Smoke on Canvas

啟航
Start Sailing

76×60.5cm　1973
油彩＋燻煙／畫布
Oil+Candle Smoke on Canvas

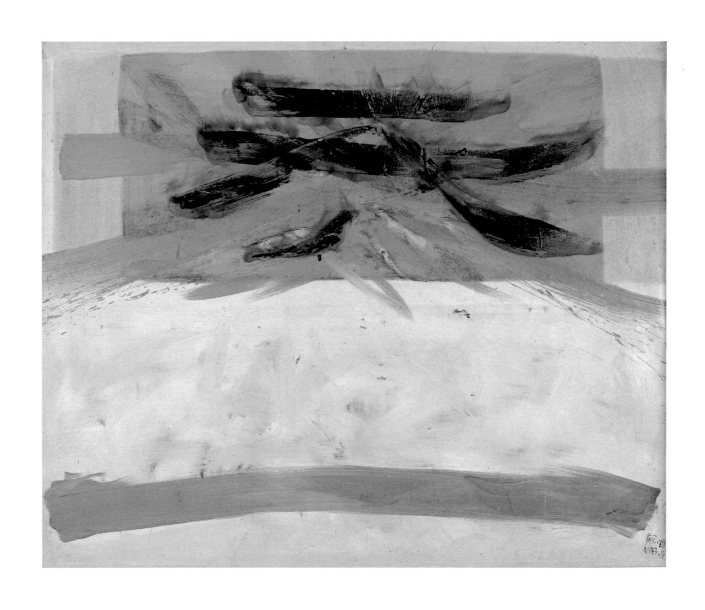

天之外
Out of Universe

102×127cm　1973
油彩＋熏煙／畫布
Oil+Candle Smoke on Canvas

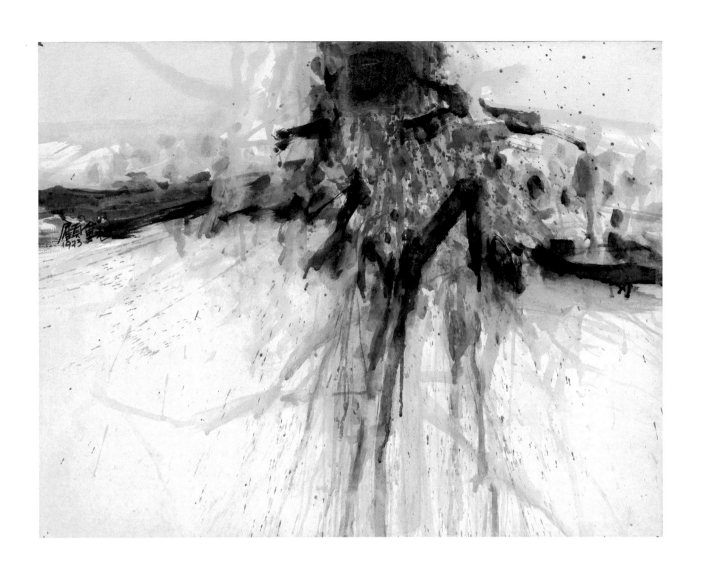

繽紛夏日
Bright Summer Day

50×65cm　1973
油彩／畫紙
Oil on Paper

滚動書寫
Rolling Calligraphy

60.5×50cm　1973
油彩＋熏煙／畫布
Oil+Candle Smoke on Canvas

樹林小溪
Creek Out of Wood

76.5×61.5cm　1973
油彩＋熏煙／畫布
Oil + Candle Smoke on Canvas

冬之旅
Winter Journey

91×65cm　1974
油彩＋熏煙／畫布
Oil+Candle Smoke on Canvas

深海之濱
Shore of Deep Sea

65×50cm　1974
油彩／畫紙
Oil on Paper

春之門
Gate of Spring

50×65cm 1975
油彩 / 畫紙
Oil on Paper

繁花似錦
Flowery as Silk
50×65cm　1975
油彩／畫紙
Oil on Paper

花季
Flower Seasons

50×65cm　1975
油彩／畫紙
Oil on Paper

虎圖
A Painting of Taiger

79×55cm　1975
油彩／畫紙
Oil on Paper

落日河岸
River Bank in Sunset

56.5×76cm 1976
油彩／畫紙
Oil on Paper

暗夜抹紅
A Touch of Red in Dark Night

56.5×76cm　1976
油彩 / 畫紙
Oil on Paper

月下孤林
Wood Under Moon

76×57cm　1976
油彩／畫紙
Oil on Paper

焚之舞
Dance of Burning

76×57cm　1976
油彩／畫紙
Oil on Paper

黄昏之山頂
Mountain Peak at Sunset

102×121cm 1976
油彩＋熏煙／畫布
Oil+Candle Smoke on Canvas

天外衝擊
Hit Out of Sky

121×102cm　1976
油彩／畫布
Oil on Canvas

奔騰的流
Running Stream

106×145cm 1977
油彩／畫布
Oil on Canvas

鏤刻・節慶—銅版畫系列
1977-1978

顧重光對版畫的高度興趣與熱衷，除了經常在油彩
繪畫的創作中，加入傳統木刻版畫的圖像，甚至直
接拼貼，也在不同的時期，經常投入不同手法的版
畫創作。1976 年旅美期間，他就曾出品參加聖諾望
大學舉辦的「中國現代版畫展」，而返台後的 1977
年至 1978 年間，更有一批銅版畫的創作。

福祿壽囍
Good Fortune, Prosperity, Long Life, Happiness,

18×15cm×4　1977
銅版蝕刻　Color Etching on Copper Plate

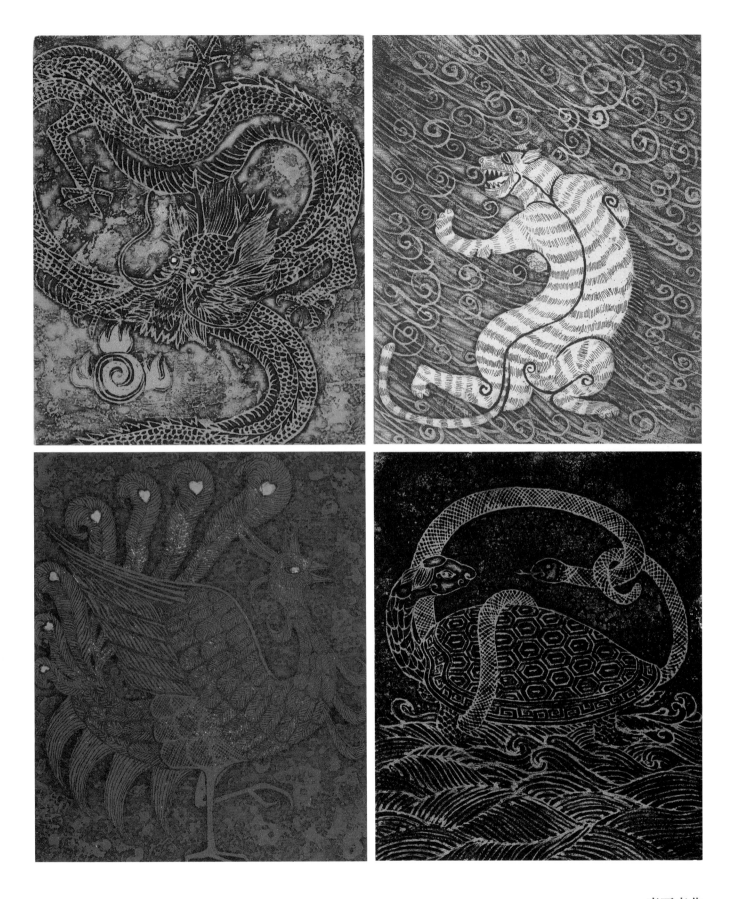

東西南北
East, West, South & North

18×15cm×4　1977
銅版蝕刻　Color Etching on Copper Plate

梅蘭竹菊
Plums, Orchid, Bamboo, Chrysanthemum

18×15cm×4　1977
銅版蝕刻　Color Etching on Copper Plate

松柏長青
Pine, Cypress, Long Water Fall, Green Grass

18×15cm×4　1978
銅版蝕刻　Color Etching on Copper Plate

富貴白頭
Health and Honor All Years,

20×18cm×2　1978
銅版蝕刻
Color Etching on Copper Plate

重回・土地—鄉土寫實系列
1977-2013

1977年，和銅版畫系列同時展開的，是一批以精細寫實爲手法的油彩風景畫；這個系列的展開，造成了衆人對顧重光認知上的重大衝突，爲何他會從以往的抽象書寫，一下子轉了一個完全180度的改變？對於這樣一種激起台灣現代畫壇激烈反應甚至質疑的作法，顧重光只是輕鬆地說：「走向精細寫實的路向，只不過是爲了重新鍛鍊畫筆。」對於「現代」與「非現代」的質疑，他則說：「『現代感』應該是個人生活經驗、知識，及環境去追求的，現代和傳統的區別，在於基本態度上的不同。」

淡水老屋街景
Old Town House Street Sene, Tam Sui, Taipei

50×65cm　1975
水彩
Water Color

有磚屋的春天
Brick House in Spring Time

121×102cm 1977
油彩／畫布
Oil on Canvas

金門古厝
Old House Gate from Kinmen

51×61cm　1977
油彩／畫布
Oil on Canvas

松山農家與水田
Farm House and Rice Field from Sun San, Taipei

61.5×76.5cm　1977
油彩／畫布
Oil on Canvas

漁夫之家
Fisherman's Home

72.5×91cm 1981
油彩／畫布
Oil on Canvas

澎湖天后宮仰望
Up Looking to Ma-Tzu Temple of Pen-Hu Island

72.5×91cm　1981
油彩／畫布
Oil on Canvas

澎湖民家
Old House from Pen-Hu Island

72.5×91cm 1981
油彩／畫布
Oil on Canvas

澎湖古厝的變遷
Old and New Vehicle

91×187cm 1982
油彩／畫布
Oil on Canvas

日光照在家門口
Sunshine Across Doorway

72×91cm 1983
油彩／畫布
Oil on Canvas

豐收
Big Harvest

72.5×91cm 1983
油彩／畫布 Oil on Canvas
私人收藏 Private Collection

淡水街景
Street Scene of Tan Sui

60.5×72.5cm　1983
油彩／畫布
Oil on Canvas

禮門義路
Modest Door and Heroic Road

60.5×50cm　1983
油彩／畫布
Oil on Canvas

澎湖船家
Fishing Boat from Pen-Hu

60.5×72.5cm　1993
油彩 / 畫布
Oil on Canvas

林安泰古厝（庭前芳草）
Old House of Lin-An-Tai

100×80cm　1979-1995
油彩／畫布
Oil on Canvas

鼓浪嶼晨景
Morning View in Gu-Lang-Yu, China

97×130cm　2009
油彩／畫布
Oil on Canvas

臺南後壁菁寮義昌輾米廠
Yi-Chang Rice Hulling Mill, Jing-Liu Hou-Bi, Tainan

72×91cm　2013
油彩／畫布
Oil on Canvas

臺南靖波門（小西門）
Little West Gate, Tainan

40×40cm　2013
油彩／畫布
Oil on Canvas

馬祖東引中柱島消波塊
Tetrapod of Doin-In Ma-Tsu Island

72.5×91cm　2013
油彩／畫布
Oil on Canvas

勝利
Victory

200×800cm　1984
油彩／畫布
Oil on Canvas

金門縣古寧頭戰史館收藏
Collection of War History Museum Gu-Ning-Tou Kinmen County

精細・寫實—花果瓷盤系列
1977-2015

在鄉土寫實系列中，人們固然驚訝於畫家對各種建築媒材精細而忠實的描繪，但整體的印象，仍集中在景物所傳達的自然美感與生活情調，乃至歷史遺痕；但在花果瓷盤系列中，由於尺幅的巨大，尤其是超越真實物體的巨大，加上背景處理的或是全白、或是全黑，以及精緻安排的構圖與光影變化，帶給人們的，已不再是擬真的「寫實」，反而是一種「抽象」的美感與視覺的衝擊。

芒果與漆盒
Mango with Lacquer Ware

65×50cm　1979 〜 1984
水彩
Water Color

鳳梨（旺來）
Pineapple

72.5×60.5cm 1981
油彩／畫布
Oil on Canvas

青蘋果
Green Apple

60×120cm　1981
油彩／畫布　Oil on Canvas
私人收藏　Private Collection

康乃馨與陶瓶
Carnation and Peach Bottle

72.5×60.5cm　1982
油彩／畫布
Oil on Canvas

千毅印刷公司林庚清先生收藏

紅玫瑰
Red Roses

72.5×91cm　1983
油彩／畫布
Oil on Canvas

和諧
Harmony

200×500cm　1984
油彩／畫布
Oil on Canvas

臺南市勞工中心收藏
Collection of Labor Center Tainan City

迷彩柿子
Camouflage Persimmon

133×133cm　1986
油彩／畫布
Oil on Canvas

迷彩葡萄與魚盤
Camouflage Plate and Grapes

162×133cm 1986
油彩／畫布
Oil on Canvas

臺灣創價學會收藏
Collection of Taiwan Soka Association

蘋果
Apples

116.5×91cm 1986
油彩／畫布
Oil on Canvas

蘋果雙魚盤
Apples and Two Fishes Plate

130×162cm 1991
油彩／畫布 Oil on Canvas

臺灣創價學會收藏
Collection of Taiwan Soka Association

朝陽（向梵谷致敬）
Rising Sun to Pay Honor to Van Gogh

162×130cm　1992
油彩／畫布
Oil on Canvas

167

蜜桃酒瓮
Longevity Peaches Winejar

55×80cm　1993
油彩／畫布
Oil on Canvas

1994 顧重光

青花陶盤
Blue and White Porcelain

133×133cm　1994
油彩／畫布
Oil on Canvas

夏日草莓
Summer Strewberry

116.5×91cm　1985-1995
油彩／畫布
Oil on Canvas

大柿蘋果圖
Big Persimmons and Apples

97×130cm　2002
油彩／畫布
Oil on Canvas

一朵牡丹
One Peony

40×40cm　2005
油彩／畫布　Oil on Canvas

廈門中華兒女美術館典藏
Museum of Chinese Profiles, Xiamen Collection

黃杏蜜李
Yellow Apricots Sweet Plums

80×116.5cm　2006
油彩／畫布
Oil on Canvas

紅柳籃子大石榴
Big Pomegranates in Red Willow Basket

130×162cm　2008
油彩／畫布
Oil on Canvas

十二大柿圖
Twelve Big Persimmons

97×130cm　2009
油彩／畫布
Oil on Canvas

十二大柿圖
Twelve Big Persimmons

130×162cm　2010
油彩＋金箔／畫布
Oil+Gold Leaf on Canvas

茶海柿子
Teapot and Persimmons

50×65cm　2010
油彩＋金箔／畫布
Oil+Gold Leaf on Canvas

白梅圖
White Plums

72.5×91cm　2010
油彩＋金箔／畫布
Oil+Gold Leaf on Canvas

淡江大學文錙藝術中心典藏
Carrie Chang Fine Art Center of Tamkang University Collection

八個大蘋果
Eight Big Apples

130×162cm　2012
油彩＋金箔／畫布
Oil+Gold Leaf on Canvas

十七個蘋果一個柿子
Seventeen Apples and one Persimmon

130×162cm 2012
油彩＋金箔／畫布
Oil+Gold Leaf on Canvas

黃金九重葛
Gold Paper Flower

60×72cm 2013
油彩＋金箔／畫布
Oil+Gold Leaf on Canvas

牡丹青花瓶與艾特萊斯綢
Peony Blue and White Vase on Edres Silk

130×97cm　2013
油彩＋金箔／畫布
Oil+Gold Leaf on Canvas

十四大柿圖
Fourteen Big Persimmons

53×65cm　2013
油彩＋金箔／畫布
Oil+Gold Leaf on Canvas

大柿蘋果蜜李圖
Apples Persimmons and Plums

91×116cm　2014
油彩＋金箔／畫布
Oil+Gold Leaf on Canvas

黄金牡丹
Two Golden Peonies

97×130cm　2005-2014
油彩＋金箔／畫布
Oil+Gold Leaf on Canvas

黃金洋蔥紅李
Golden Onion and Plums

89×116cm　2004-2015
油彩＋金箔／畫布
Oil+Gold Leaf on Canvas

穿越・時光—拼貼系列
1987-2001

做為一個藝術家，顧重光幾乎是多種媒材、多種風
格、多種技法交替進行探索的冒險者；參雜在精細
寫實的鄉土油畫和花果瓷盤系列間，從 1987 年到
2001 年，又有一批以韓紙裱貼結合彩墨的作品，取
材古文明的卜辭、簡牘，乃至歷史文書等等，成為
穿越時光的「拼貼系列」。

塗鴉
Grafitti

65×50cm　1985
亞克力/紙
Acrylic on Paper

卜辭大吉
Best Wishes from Divination

91×72cm　1987
紙裱貼彩墨／畫布
Paper Collage and Ink on Canvas

簡牘紀事
Memorandum Tablets

72×91cm　1987
紙裱貼彩墨／畫布
Paper Collage and Ink on Canvas

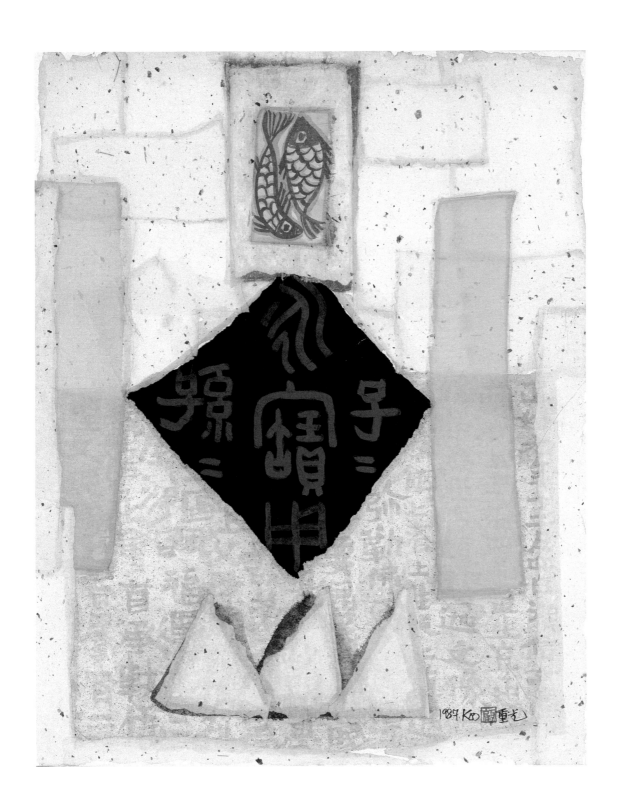

子孫寶用
Keep the Treasure for Grand Children

91×72cm　1987
紙裱貼彩墨／畫布
Paper Collage and Ink on Canvas

永字八法
Eight Way to Write Word "Yun"

91×72cm　1995
裱貼彩墨／畫布
Water Colour+Ink+Paper Collage on Canvas

遠古先民
Primitive Man

91×72cm　1995
裱貼彩墨／畫布
Water Colour+Ink+Paper Collage on Canvas

明鄭復臺受降書
Surrender Treaty to Kok-Sin Ga

60×50cm　1995
裱貼＋水彩
Paper Collage+Water Color

明鄭復臺之戰
The Battle of Taowan

57×46cm　1996
版畫／絹印
Silk Screen

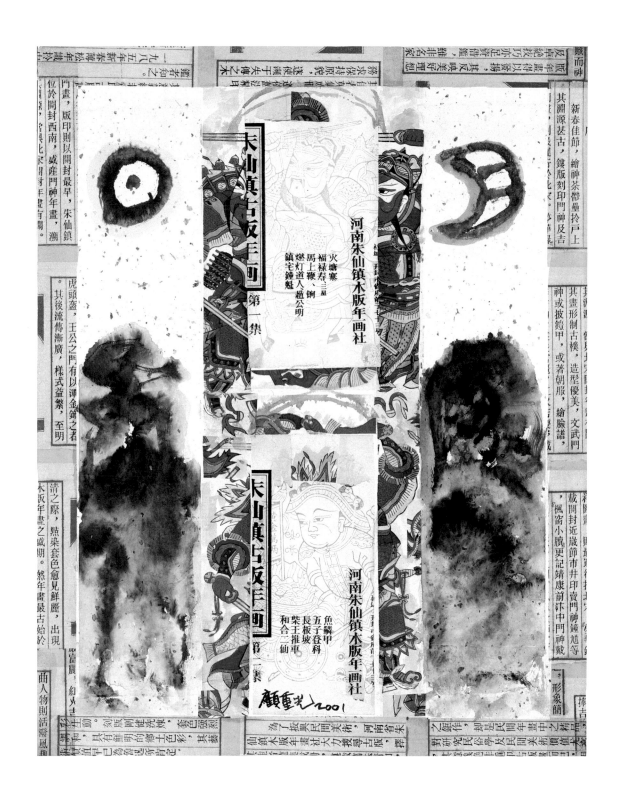

日月共鳴
Harmony Between Sun and Moon

91×72cm　2001
裱貼木刻年畫＋韓紙＋彩墨／畫布
Paper Collage+Korea Paper+Ink+ on Canvas

雁行天下
Wild Geese Around Sky

91×72cm　2001
裱貼韓紙＋彩墨／畫布
Korea Paper Collage+Ink+ on Canvas

馬上得寶
Treasure on Horse Back

91×72cm　2001
裱貼木刻年畫＋韓紙＋彩墨／畫布
Paper Collage+Korea Paper+Ink+ on Canvas

居延漢簡
Han Dynasty Wooden Tablet from Ju-Yan, China

72×91cm 2001
裱貼韓紙＋彩墨／畫布
Paper Collage+Korea Paper Collage+Ink+ on Canvas

塞外狼煙
Smoke Signal from Forentier

72×91cm   2001
裱貼韓紙＋彩墨／畫布
Paper Collage+Korea Paper Collage+Ink on Canvas

旅途
Traveling Road

72×91cm　2001
裱貼木刻年畫＋亞克力＋韓紙／畫布
Paper Collage+Acrylic+Korea Paper on Canvas

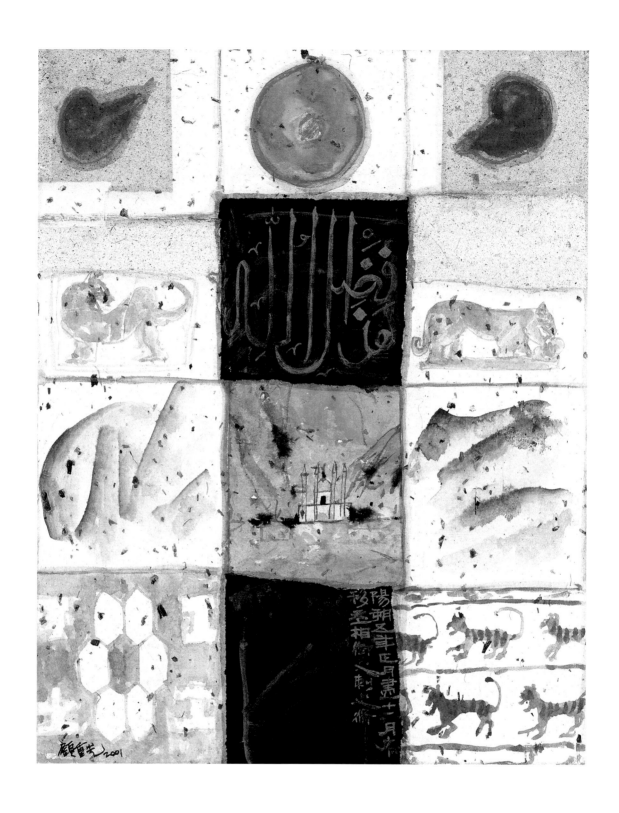

吐魯番紀事
Trupan Chronicle

91×72cm　2001
裱貼韓紙＋彩墨／畫布
Korea Paper Collage+Ink on Canvas

草原石人與白鴿
White Doves with Stone Statue on Grass Land

91×72cm　2001
裱貼韓紙＋彩墨／畫布
Korea Paper Collage+Ink on Canvas

流沙墜簡
Falling Wooden Tablet on Quick Sand

91×72cm　2001
裱貼韓紙＋彩墨／畫布
Korea Paper Collage+Ink on Canvas

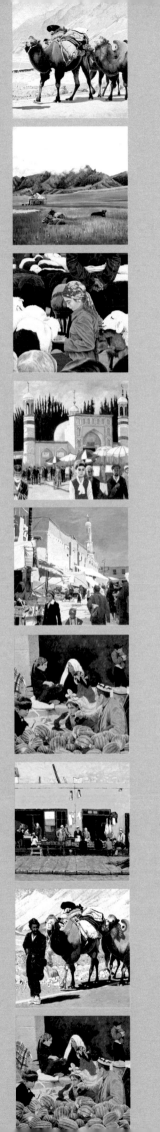

西域・風雲—絲路系列
1989-2015

從 1988 年 8 月的首次進入新疆，此後的二十餘年間，顧重光頻繁前往西北大漠，次數不下一、二十次，沿途除以人類學田野調查筆記般的手法留下大批彩墨裱貼的作品外，更透過相機的記錄，在返臺後，以精細寫實的手法，創作了大批描繪當地民情風俗的精采油畫。

帕米爾駝鈴
Camel Bells from Pamir

125.5×192.5cm　1989
油彩 / 畫布
Oil on Canvas

牧羊女
Girl with Sheeps

133×133cm 1989
油彩／畫布 Oil on Canvas

喀什艾提朵清眞寺
Etigar Mosque Kashigar Xing Jiang

72×91cm 1991
油彩／畫布
Oil on Canvas

喀什噶爾讚歌
Viva Kashigar

132×192cm　1992
油彩／畫布
Oil on Canvas

大西北市集
Bazaar of Kucha, Xing Jiang, China

133×133cm 1992
油彩／畫布
Oil on Canvas

艾特萊斯綢上的葡萄
Grapes on Edressilk

72×91cm　1992
油彩／畫布
Oil on Canvas

盛夏梵音（眺望敦煌大寺）
Buddhist Music Out of Mid Summer

1993　55×80cm
油彩／畫布
Oil on Canvas

二道橋烤肉攤子
Kabob Bar-B-Q Stands in Urumqi

72.5×80cm　1999
油彩／畫布
Oil on Canvas

黃沙明駝
Camels Goes by Yellow Sand

73×92cm　2003
油彩／畫布
Oil on Canvas

晉江工業有限公司何福全先生收藏

那拉提清晨
Early Morning in Narati, Xin-Jiang, China

31×41cm 2003
油彩／畫布
Oil on Canvas
私人收藏 Private Collection

伊犁塞里木湖畔牧場
Grass Land of Lake Serim Shore Yili

41×53cm　2008
油彩／畫布
Oil on Canvas

天山下哈薩克村莊
Kazak Village Under Tian-Shan Mountain, Xin Jiang, China

45.5×53cm　2013
油彩／畫布
Oil on Canvas

庫車巴札牧民與駱駝
Herdsman and Camel in Kucha Grand Bazaar,
Xin Jiang, China

97×130cm　2015
油彩／畫布
Oil on Canvas

西域行 I
West Bond Story on Silk Road I

133×133cm　1992
亞克力＋紙裱貼 + 油彩 / 畫布
Acrylic+Paper Collage on Oil Canvas

西域行 II
West Bond Story on Silk Road II

133×133cm　1992
亞克力＋紙裱貼＋油彩／畫布
Acrylic+Paper Collage on Oil Canvas

西域行（絲路故事）
Silk Road Story

132×164cm　1994
亞克力＋油彩／畫布
Acrylic+Oil on Canvas

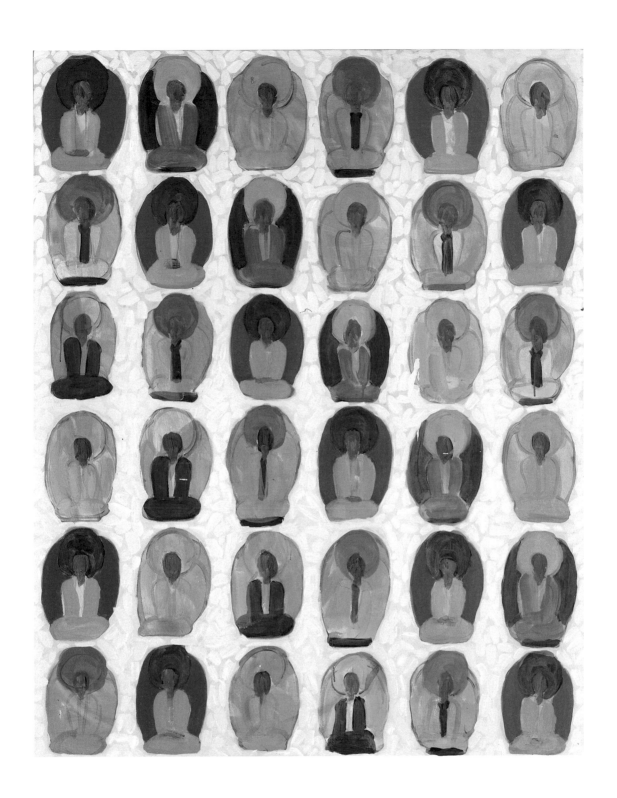

敦煌莫高窟千佛
Thousand Buddha Grotto of DunHuang

162×130cm　2003
亞克力／畫布
Acrylic on Canvas

克孜爾飛天菩薩
Flying Buddha from Kizil Grotto Kucha, Xin-Jiang, China

130×97cm　2004
亞克力／畫布
Acrylic on Canvas

草原金獅之五星出東方利中國錦
Golo Griffin Ornament with Brocade the Five Stars Appear in
East Bringing Benifit to the Central Kingdom

116.5×91cm　2011
油彩＋亞克力＋金箔／畫布
Oil+Acrylic+Gold Leaf on Canvas

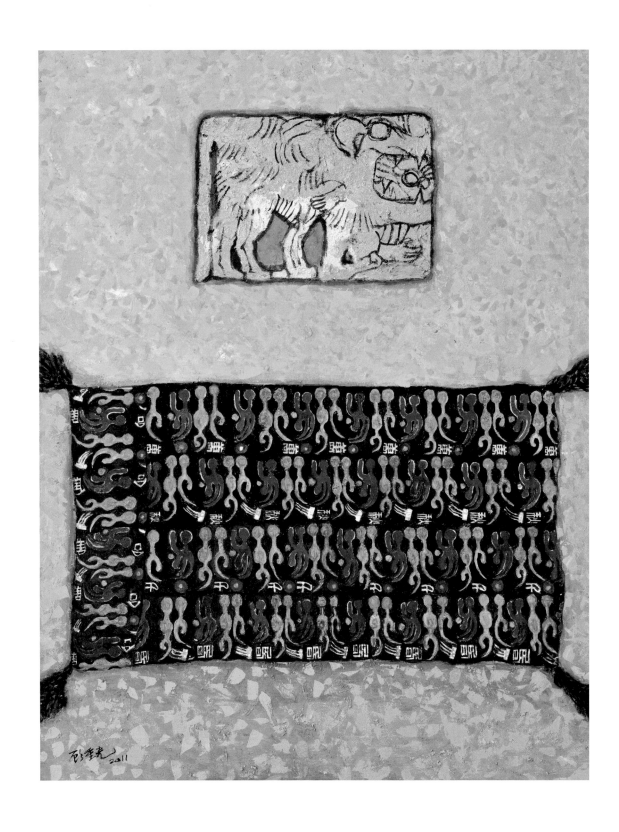

草原金虎之王侯金婚千秋萬歲宜子孫錦
Prairie Gold Tiger Ornament with Brocade the Aristocracy
Unite Marriage will Last Forever and Produce Progeny

116.5×91cm　2011
油彩＋亞克力＋金箔／畫布
Oil+Acrylic+Gold Leaf on Canvas

白山黑水金鳥之韓侃吳牢錦
Gold Bird Ornament from Kitai with Han-Kan-Wu-Lau Brocade

116.5×91cm　2011
油彩＋亞克力＋金箔／畫布
Oil+Acrylic+Gold Leaf on Canvas

金月之饕餮文錦
Tao-Tie Patten Brocade Under Golden Moon

116.5×91cm　2013
油彩＋亞克力／畫布
Oil+Acrylic on Canvas

兩極・合一—對位系列
1997-2015

在各種媒材、技法、風格交錯發展中，在1997年，顧重光的創作有了一個新的系列正在形成，那便是將抽象與寫實並置、將自然與人文並置、將文人與民俗並置、將多彩與水墨並置、將版畫與油畫並置、將東方與西方並置的「對位」系列。

畫葡萄與玫瑰的方法
The Way to Paint Grapes and Roses

72.5×91cm　1997
油彩／畫布
Oil on Canvas

柿子的對位
Counterpoint of Persimmons

130×162cm　1997
亞克力＋油彩／畫布
Acrylic+Oil on Canvas

石榴的對位
Counterpoint of Pomegranates

72.5×91cm　1997
亞克力＋油彩 / 畫布
Acrylic+Oil on Canvas

兩種柿子的畫法
Two Way to Draw Persimmon

72.5×91cm　1998
亞克力＋油彩／畫布
Acrylic+Oil on Canvas

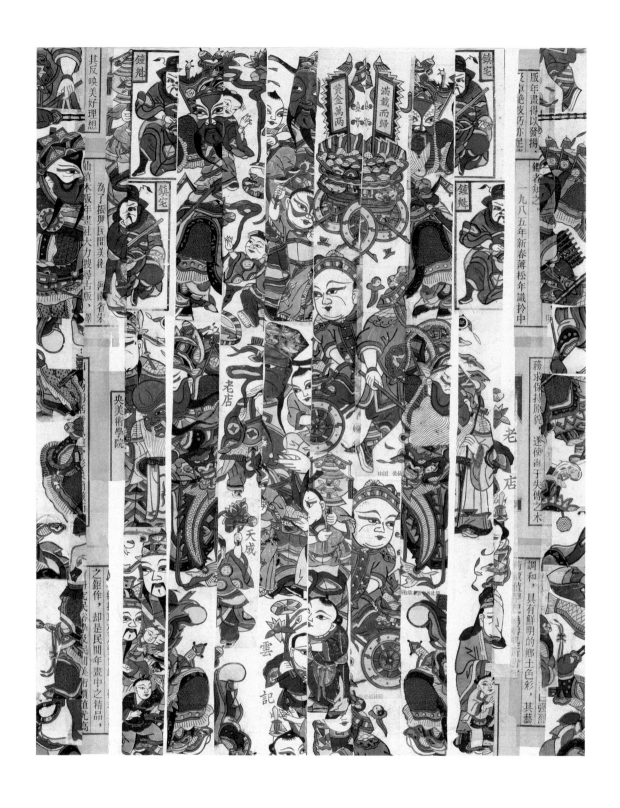

黃金萬兩滿載而歸
Millions of Gold Bring It Home with You

91×72.5cm　1998
裱貼木刻年畫 / 畫布
Paper Collage on Canvas

新年柿
Persimmons on New Year

72.5×91cm　1999
裱貼木刻年畫＋油彩／畫布
Paper Collage+Oil+ on Canvas
私人收藏　Private Collection

四季
Four Seasons

120×120cm　1999
裱貼木刻年畫＋亞克力＋彩墨／韓紙
Paper Collage+Acrylic+Ink on Korea Paper

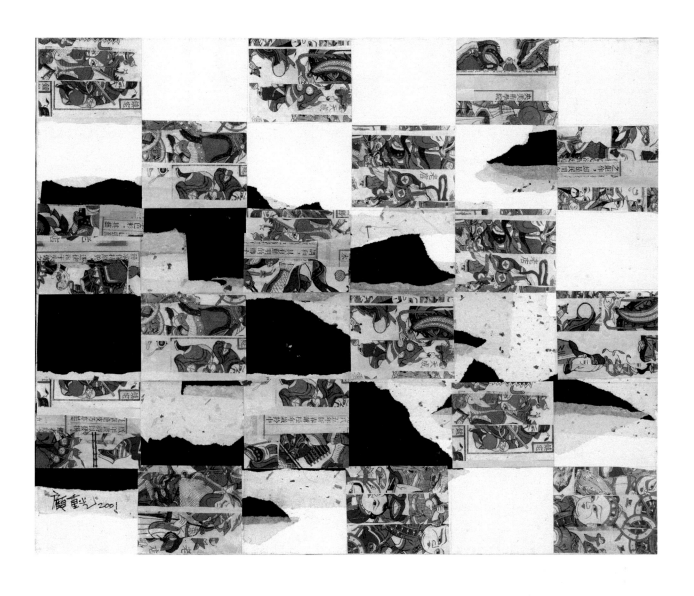

山水新年畫
Landscape and New Year Print

72×91cm　2001
裱貼木刻年畫＋韓紙＋彩墨／畫布
Paper Collage+Korea Paper+Ink on Canvas

東西方的探索
Exploration of East and West

97×348cm　2001
裱貼木刻年畫＋亞克力＋油彩／畫布
Paper Collage+Acrylic+Oil on Canvas

244

245

東西方的探索 II
Exploration of East and West II

91×72.5cm　2001
裱貼木刻年畫＋亞克力＋油彩／畫布
Paper Collage+Acrylic+Oil on Canvas

牡丹的對位
Conterpoint of Peony

130×162cm　2007
油彩＋綜合媒材／畫布
Oil+Mix Media on Canvas

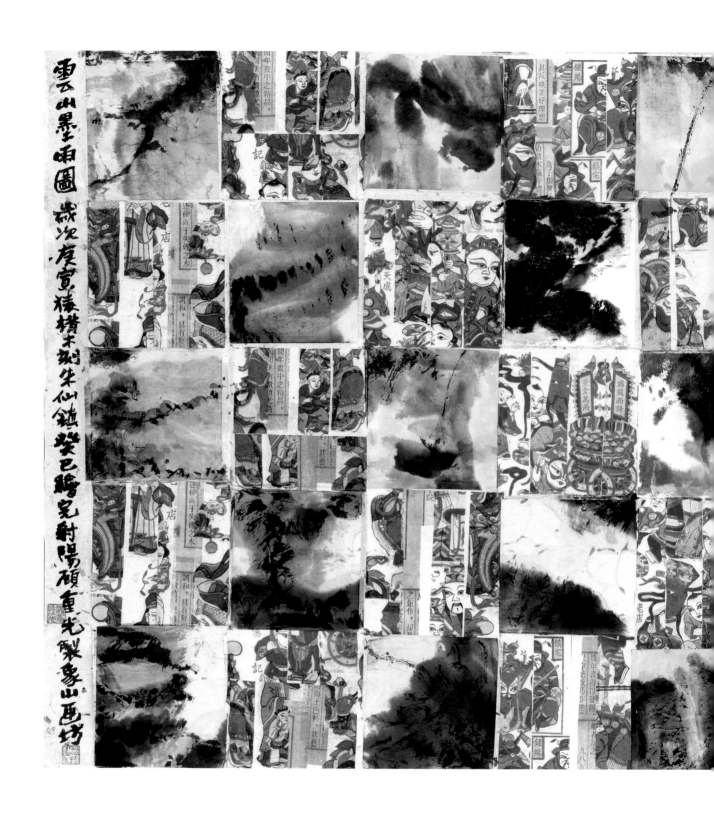

朱仙鎮木刻版畫之雲山墨雨圖
Cloud Mountain and Ink Rain with Wood Cut Print

95×184cm　2010-2013
裱貼木刻年畫＋亞克力
Acrylic+Paper Collage on Paper

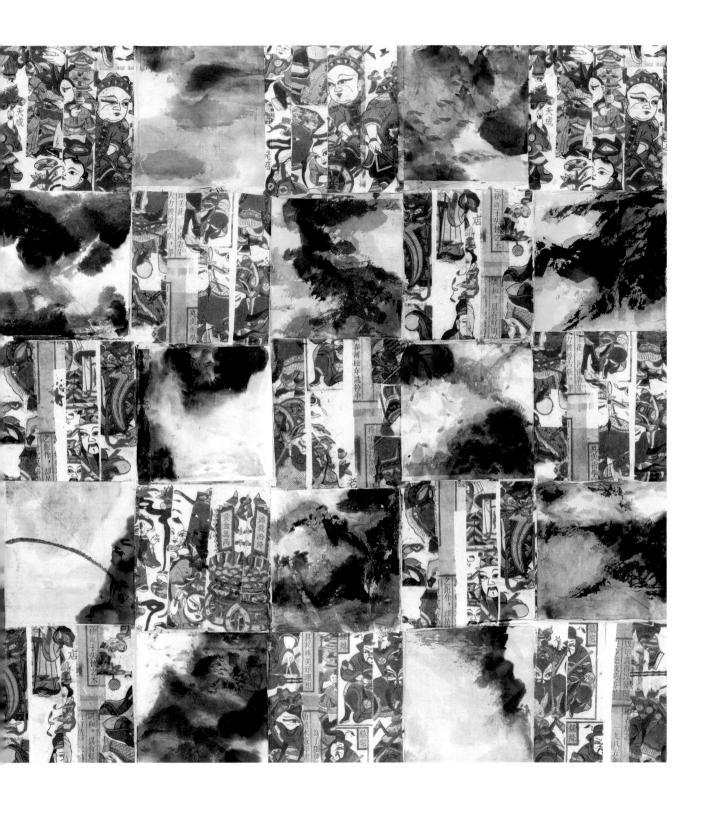

朱仙鎮木刻版畫之四季
Four Seasons with Wood Cut Print

95×122cm　2015
裱貼木刻年畫＋亞克力
Acrylic+Paper Collage on Paper

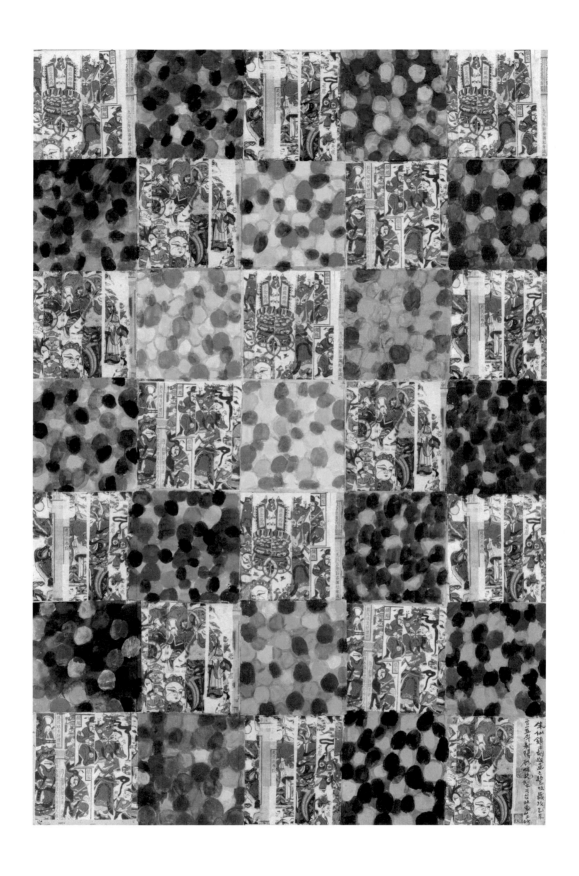

朱仙鎮木刻版畫之豐收
Harvest with Woodcut Print

185×128cm 2015
裱貼木刻年畫＋亞克力
Acrylic+Paper Collage on Paper

附録
Appendix

顧重光畫歷
Chronology

1943　民國 32 年，農曆正月十五，新曆 2 月 19 日生於四川重慶歌樂山中央醫院。
　　　· 未足月早產，祖籍江蘇省阜寧縣蒲船港花園頭廟灣顧氏，父顧正漢教授，母喻佳珍的次男。

1944　民國 33 年，一歲。
　　　· 居四川重慶歌樂山小龍坎。

1945　民國 34 年，二歲。
　　　· 進入衛生署中央衛生實驗院托兒所幼稚班。
　　　· 抗戰勝利還都，隨父母抵南京。家父任職衛生部簡任秘書，家母任職實驗小學教務主任。

1946　民國 35 年，三歲。
　　　· 居於南京黃浦路中央醫院後宿舍。

1947　民國 36 年，四歲。
　　　· 進入南京私立歌樂實驗小學幼稚園。

1948　民國 37 年，五歲。
　　　· 進入南京私立歌樂實驗小學一年級。

1949　民國 38 年，六歲。
　　　· 2 月由南京，搭乘空軍 C-46 運輸機抵嘉義。後乘火車北上臺北並定居臺北市。
　　　· 當時居住於北市內江街臺北護校內，同時就讀於臺北市西門國小二年級。

1950　民國 39 年，七歲。
　　　· 西門國小三年級。

1951　民國 40 年，八歲。
　　　· 西門國小四年級。

1952　民國 41 年，9 歲。
　　　· 西門國小五年級。

1953　民國 42 年，十歲。
　　　· 西門國小畢業。同年考進臺灣省立師範學院附屬中學四二制實驗七班。
　　　· 由臺北護校遷居永和中興街內政部中央衛生實驗院宿舍，家父任職中央衛生實驗院副院長。

1954　民國 43 年，十一歲。

· 初中一年級，因數學、生物兩科不及格留級，留往實驗十班。

1955　民國 44 年，十二歲。
　　　· 師院附中改制為師大附中，重新再讀一年級。

1956　民國 45 年，十三歲。
　　　· 師大附中在學初中二年級。

1957　民國 46 年，十四歲。
　　　· 初中三年級，在校加入木刻版畫研究班，隨方向先生學習木刻版畫技巧，進入馬白水畫室學習素描及水彩。
　　　· 家父由美國北卡羅來納州立大學公共衛生研究所獲得碩士學位學成歸國，攜回大量各類繪畫材料，首次創作油畫〈歸舟〉、「水果籃〉兩張。

1958　民國 47 年，十五歲。
　　　· 由永和搬家至師大路，家父轉任國立臺灣師範大學衛生教育系教授及擔任中華民國紅十字會總會秘書長。

1959　民國 48 年，十六歲，師大附中畢業。
　　　· 投考師大藝術系未取，進入志成補習班補習。

1960　民國 49 年，十七歲。
　　　· 參加師範大學校外輔導班，隨金勤伯先生學中國畫，張道林先生學素描。

1961　民國 50 年，十八歲。
　　　· 進入國立師範大學藝術系一年級，隨陳慧坤先生學素描，林玉山先生學花鳥畫。

1962　民國 51 年，十九歲。
　　　· 師大二年級，隨李石樵先生學素描，馬白水先生學習水彩。
　　　· 師大藝術系系展版畫第一名。
　　　· 創作油畫＋綜合媒材作品〈遠古夜祭〉，油畫＋裱貼麻布作品〈受難〉。

1963　民國 52 年，二十歲。
　　　· 師大三年級，隨廖繼春先生學油畫，郭軔先生學水彩，張德文先生學花鳥，創作油

畫＋綜合媒材作品〈荒山之夜〉、〈長春祠的黎明〉、〈雨季的最後一天〉。

1964　民國五十三年，二十一歲。
・師大四年級，隨廖繼春先生學油畫，李澤藩先生學水彩，黃君璧先生學山水。
・作品〈雨季的最後一天〉、〈荒山之夜〉、〈長春祠的黎明〉三張畫入選第三屆香港國際繪畫沙龍。
・創作油畫＋裱貼作品〈辛羊〉，作品油畫＋裱貼〈龍舞〉
・參加「第三屆香港國際繪畫沙龍」入選並榮獲銅牌獎，於香港大會堂展出。
・與江賢二、姚慶章共組「年代畫會」。

1965　民54年，二十二歲。
・師大畢業，李石樵先生指導畢業製作，隨黃君璧先生學山水。
・師大藝術系畢業展油畫第一名教育廳長獎，作品油畫〈掠〉。
・年代畫會首次「年代畫展」，顧重光、姚慶章、江賢二，三人聯展於省立博物館。
・參展由國立歷史博物館主辦之「第五屆全國美展」、「全國水彩展」。
・由行政院新聞局選拔代表中華民國參加由香港國泰航空公司主辦「亞洲當代美展」。在亞洲各大城沙巴、新加坡、曼古、臺北、馬尼拉、香港、東京、福岡、大阪展出。
・六月畢業後八月赴基隆第四中學擔任美術教員。
・創作油畫＋裱貼作品〈獨角人〉及油畫＋裱貼作品〈銅面人〉，轉向抽象繪畫，創作〈焚〉、〈域外的垣〉，再探索油畫與水墨畫而裱貼的關係，創作〈剝落的語言〉、〈一升孤與我〉。

1966　民國55年，二十三歲。
・舉行首次個展於國立臺灣藝術館。
・「第二屆年代美展」於現代畫廊展出。
・六月離開基隆第四中學七月赴左營軍區報到，任空軍防砲連少尉行政官。
・入伍前創作水墨與亞克力混合媒材作品：〈山水聯想I〉、〈山水聯想II〉。

1967　民國56年，二十四歲。
・在左營營區內利用空閒作畫，與高雄地區詩人張默、沈臨彬、朱沉冬交往。
・高雄市新聞報畫廊與楊志芳舉行雙個人展。
・由中學時國文老師蔣仁先生介紹在左營高中兼課教美術課。
・退伍後再度探討油畫創作〈老何的畫像〉。

1968　民國57年，二十五歲。
・考入中國文化學院藝術研究所就讀。
・由具像的靜物再與油畫取得聯繫創作〈桌上玫瑰〉。

1969　民國58年，二十六歲。
・入選代表中華民國參加「第十屆巴西聖保羅國際雙年展」。
・西班牙馬德里現代美術館「中國當代美展」。
・紐西蘭屋崙市「中國當代繪畫展」。
・臺北市凌雲畫廊「現代繪畫聯展」。
・運用中國書法上的筆觸將文字分解，再使用絹印的方法去整理出創作〈白色的語言〉、〈靜寂之園〉、〈黃沙之鳳〉、〈白鳥〉、〈人〉，再轉向書寫的方法創作〈復活〉、〈黑谷〉、配合「燻」的技法。

1970　民國59年，二十七歲。
・第二屆法國加城國際雙年展。
・第三屆中國現代藝術季，臺北市美國新聞處。
・六月，中國文化學院藝術研究所畢業獲碩士學位。
・「第四屆年代畫展」，臺北市聚寶盆畫廊。
・9月25日與王培華小姐結婚，遷入東區松仁路現址，開始醒吾商專教學。
・運用油畫加上用燻的技法創作〈藍色抽象〉、〈大地輕煙〉，以及混合絹印技法的創作〈陽光之下〉

1971　民國60年，二十八歲。
・西德漢堡「中國水墨畫展」。
・由劉國松先生介紹就任中原理工學院建築系副教授。
・七月二十一日長女顧佩綺出生。
・「第十一屆巴西聖保羅雙年展」獲選參展，並由雙年展基金會收藏油畫三幅。
・「現代音樂、舞蹈、詩藝術展」臺北市中山堂首創多元藝術形態大展：音樂李泰祥、許博允，藝術凌明聲、顧重光，舞蹈陳學同、黃麗薰，詩葉維廉以及協助朗誦的瘂弦、洛夫、辛鬱、碧果。
・創作帶有中國節慶意味的作品〈大地之境〉、〈龍舞之II〉、〈不朽烈日〉、〈龍舞之III〉。

1972 民國 61 年，二十九歲。
 ・臺北市省立博物館「中國水墨畫大展」。
 ・香港大會堂「中國水墨畫大展」。
 ・臺北春秋藝廊個展。
 ・臺北市中國現代美術館「現代名家展」。
 ・國際造型藝術家學會 ISPAA 東南亞巡迴展
  於國立歷史博物館展出。
 ・首次赴韓國、日本美術大專院校及美術館，
  並與日本 ISPAA 國際造型藝術家學會會員
  座談。
 ・就任淡江大學建築系副教授（由顧獻樑教
  授介紹聘任）。
 ・創作以筆觸帶有書法趣味，〈春山綠雲〉、
  〈傍水夏日〉、〈白日之焚〉、〈陽光之祭〉、
  〈羿射四日之後〉。

1973 民國 62 年，三十歲。
 ・代表中華民國參加「第十二屆巴西聖保羅
  雙年展」，並由雙年展基金會收藏油畫四
  幅。
 ・參展國立歷史博物館主辦「第二屆當代名
  家展」。
 ・國父紀念館「中國當代名家展」。
 ・黎明文化中心「現代名家展」。
 ・「國際造型藝術家學會 ISPAA 國際大展」
  及中華民國會員展。
 ・日本神戶市兵庫縣立近代美術館及大阪信
  濃橋畫廊展。
 ・美國威斯康辛州歐西克西大學美術館十一
  位中國畫家新作展。
 ・加州克拉蒙特菠未那學院「中國現代藝術
  展」。
 ・韓國漢城市「亞太民族藝術展」。
 ・「法國巴黎」中華民國現代藝術展。
 ・臺灣省立博物館與聚寶盆畫廊「四畫家聯
  展」。
 ・由莊喆先生介紹任教東海大學建築系兼任
  副教授。
 ・運用書法筆觸益形飛舞創作〈奔〉、〈烈
  日〉、〈作品 1973-006〉、〈山水遙想范
  寬〉、〈深海之遊〉、〈洶湧的潮〉。

1974 民國 63 年，三十一歲。
 ・邀請參加第五屆法國加城國際雙年展。
 ・臺北市藝術家畫廊個展。
 ・荷蘭阿姆斯特丹國家教育博物館「中國藝
  術展」。
 ・日本東京上野東京都美術館「亞細亞現代
  美展」。

 ・創作〈冬之旅〉。

1975 民國 64，三十二歲。
 ・臺北市藝術家畫廊個展。
 ・臺北市鴻霖畫廊「四畫家聯展」。
 ・印製第一本畫集，由國立歷史博物館贊助，
  中山學術基金會補助出版。
 ・國立歷史博物館「當代名家展」。
 ・赴美國舊金山籌備個展及聯展，暫居加州
  奧克蘭及柏克萊，再由舊金山赴紐約，暫
  居紐約。

1976 民國 65 年，三十三歲。
 ・美國舊金山設計家中心個展。
 ・美國聖若望大學「中國現代版畫展」
 ・美國舊金山亞洲協會「中國現代畫展」。
 ・日本東京都美術館第一美術協會邀請「中
  國現代繪畫十人展」。
 ・國立歷史博物館「中日現代美展」與第一
  美協交換展。
 ・長男顧佩綸七月十八日出生於韓國漢城。
 ・年底由舊金山回國經漢城攜眷返臺。
 ・創作抽象油畫〈黃昏之山頂〉、〈天外沖擊〉

1977 民國 66 年，三十四歲。
 ・臺北市龍門畫廊個展。
 ・日華美術交流第一屆招待出品「中華現代
  繪畫十人展」。
 ・中韓現代美術交流大展。
 ・中華民國第八屆全國美展油畫免審查參展。
 ・創作抽象繪畫〈奔騰的流〉。
 ・又轉變風格改抽象風貌為寫實繪畫開始〈有
  磚屋的春天〉〈金門水頭黃氏西堂別業古
  宅〉〈松山郊外舊景〉同時創作銅版畫〈福
  祿壽囍〉、〈青銅時代〉、〈十二生肖圖〉、
  〈月下之門〉、〈歡喜錢〉、〈東南西北〉、
  〈飛鷹〉、〈牧野鷹揚〉、〈春眠不覺曉〉、
  〈梅蘭竹菊〉。

1978 民國 67 年，三十五歲。
 ・臺北市藝術家畫廊個展。
 ・香港藝術中心包兆龍畫廊，香港灣仔「中
  國現代畫展」
 ・創作版畫—銅版〈富貴年年〉、〈白頭偕
  老〉、〈松風萬里〉、〈柏蔭古城〉、〈山
  高水長〉、〈青青河畔〉。

1979 民國 68 年，三十六歲。
 ・創辦「前鋒畫廊」並舉行個展。
 ・辭退東海大學教職。

・香港藝術中心香港灣仔「中國現代畫展」。

1980　民國 69 年，三十七歲。
・結束經營前鋒畫廊。
・十月臺北市藝術家畫廊個展。
・臺北市龍門畫廊個展。
・中華民國第九屆全國美展免審參展。

1981　民國 70 年，三十八歲。
・臺北市國立歷史博物館「顧重光油畫編年展」。
・臺北市版畫家畫廊個展。
・美國紐約聖若望大學，「當代中國版畫展」。
・參與民生報籌辦藝術歸鄉活動，巡迴展出全省各地。
・辭退中原大學教職。
・創作新寫實風格繪畫作品〈旺來（鳳梨）〉、〈漁夫之家〉、〈澎湖天后宮仰望〉、〈澎湖民家〉、〈青蘋果〉。

1982　民國 71 年，三十九歲。
・獲中國畫家學會頒油畫金爵獎。
・臺北市藝術家畫廊個展。
・代表出席「韓中現代書畫展」於韓國漢城市國立現代美術館。由文建會主委陳奇祿領隊，黃君璧團長，西畫三人代表楊三郎、劉啓祥、顧重光出席。
・舉辦中華民國千人美展於臺南，並首次在臺灣編印《中華民國美術名鑑》。
・十月赴歐洲美國考察美術館畫廊，並製作版畫於義大利米蘭市烏比約工作室。
・創作〈康乃馨與桃瓶〉、〈澎湖古厝前的變遷〉、〈澎湖民房〉。

1983　民國 72 年，四十歲。
・獲頒中國文藝協會美術類文藝獎章。
・臺北市龍門畫廊個展。
・臺中市金爵藝術中心個展。
・應邀參展日本書道美術館主辦「中華民國現代美術名家流展」，日本東京出席。
・韓國際版畫交流展，漢城市藝術會館。
・中華民國第十屆全國美展油畫免審查參展。
・創作〈日光照在家門口〉、〈豐收〉、〈紅玫瑰〉、〈淡水街景〉、〈禮門義路〉。

1984　民國 73 年，四十一歲。
・臺北市立美術館開館展，「國內藝術家聯展」。
・製作金門古寧頭使館戰畫〈勝利〉。
・製作臺南市勞工休假中心油畫〈和諧〉。

1985　民國 74 年，四十二歲。
・「國際造型協會 ISPAA 環太平洋巡迴展」於韓國漢城市華克山莊美術館。
・日本大阪白水社畫廊「中日 ISPAA 協會會員聯展」。
・第二屆國際版畫展初審評審委員。
・首屆由行政院文建會主辦「年畫徵選」獲首獎並代表得獎人致詞。
・韓國漢城市伊畫廊舉辦個展。
・率團主持第一屆「中韓現代畫展」開幕式於韓國漢城寬勳美術館。

1986　民國 75 年，四十三歲。
・赴香港參加「臺北現代畫 1986 香港大展」開幕於香港藝術中心包兆龍畫廊。
・臺北市立美術館「現代繪畫回顧展」。
・臺北縣立文化中心主辦「三人寫實聯展」。
・主導「全國版畫名家展」，新象藝術中心。
・主持「中韓日名家版畫展」，國產中心。
・主辦「新繪畫群展」，桃園文化中心中壢分館。
・主催「第二屆中韓現代繪畫展」，臺北縣文化中心，韓國畫家 14 人來訪。
・中華民國第十一屆全國美展油畫免審查參展。
・創作拚圖迷彩風格〈迷彩柿子〉、〈迷彩葡萄與魚盤〉。

1987　民國 76 年，四十四歲。
・「第二屆亞洲國際美術展覽會」，於國立歷史博物館。
・「第三屆中韓現代繪畫交流展」於韓國漢城市寬勳美術館（預展於臺北縣立文化中心）
・赴美國參加舊金山金山大橋落成百世紀念及赴美國西岸，包括洛杉磯參觀寫生及由國立歷史博物館主辦「中國現代繪畫展」。
・製作中正紀念堂國家劇院防火幕壁畫。
・「中華民國當代繪畫展」，韓國漢城市果川國立現代美術館。
・創作以彩墨及裱貼方式表現現代精神的水墨式的現代畫作品〈卜辭紀事〉、〈簡牘紀事〉、〈子孫寶用〉。

1988　民國 77 年，四十五歲。
・5 月赴大陸探親及考察美術現況，訪問北京、上海、南京、武漢、長沙、西安、蘭州、敦煌、土魯番、烏魯木齊、伊犁六月底返回臺北。

・7 月再赴大陸參加「中國美術家絲綢之路考察團」，從烏魯木齊出發。東疆之旅經天池、奇台、吉木薩爾、木壘、巴里坤、哈密、星星峽、柳園、敦煌、鄯善、三道嶺、土魯番。北疆之旅經奎屯、賽星木湖、霍城、伊寧、霍爾果斯、巴彥岱、新源、那拉堤、巴音布魯克。南疆之旅經庫車、克孜爾千佛洞、阿克蘇、喀什噶爾、英吉沙、帕米爾，10 月底返回臺北。

1989　民國 78 年，四十六歲。
・3 月 12 日因心肌梗塞入院，4 月 10 日出院。
・3 月 25 日「絲路萬里情」油畫個展於臺北三原色藝術中心。
・7 月赴韓國參加「第四屆亞洲國際美術展覽會」開幕式於漢城市立美術館，同時參加「國際版畫邀請展」開幕式於漢城市藝術會館。
・11 月　第三次赴新疆絲路之旅。
・「中華民國現代藝術展」，高雄中正文化中心。
・第十二屆中華民國全國美展籌備委員暨油畫評審委員。
・創作油畫〈帕米爾駝鈴〉、〈牧羊女〉。

1990　民國 79 年，四十七歲。
・5 月「絲路四季行」個展於臺中高格畫廊。
・7 月赴美國加州優山美地國家公園現代畫家訪問團寫生。
・9 月「臺灣中堅畫家聯展」高雄名人畫廊展出。
・9 月第四次南疆絲路之旅烏魯木齊、喀什葛爾、葉爾羌、和闐、于闐 10 月返臺。
・12 月參加「第五屆亞洲國際美術展覽會」開幕式於馬來西亞吉隆坡。

1991　民國 80 年，四十八歲。
・4 月在北京中央美術學院展覽館舉辦「臺北、北京名家版畫展」，是與大陸全國版協首次合辦兩岸版畫聯展，臺北則為中華民國版畫學會。
・6 月「亞細亞美展」，日本東京上野東京都美術館。
・8 月「四季美展」，國立藝術教育館主辦。
・「港臺現代版畫展」，香港中國文化促進中心展出。
・中華民國教育部文藝創作獎評審委員。
・創作新寫實風格精細描繪〈蘋果雙魚盤〉、〈喀什艾提朵清真寺〉。

1992　民國 81 年，四十九歲。
・2 月參加「第六屆亞洲國際美術展覽會」開幕式於日本福岡市田川市立美術館。
・6 月當選中華民國版畫學會理事長。
・11 月參加「第七屆亞洲國際美術展覽會」於印尼雅加達。
・12 月「東之藝術・陽光大地」，臺北東之藝廊個展。
・中華民國第十三屆全國美展籌備委員暨油畫審查委員。
・全省美展油畫免審參展。
・全國版畫展。
・邀請參展「二十世紀末的臺灣美術」於臺中現代藝術空間。
・創作西域風格繪畫綜合媒材〈西域行 I〉、〈西域行 II〉、大型油畫〈喀什噶爾讚歌〉、〈朝陽〉、〈大西北市集〉、〈澎湖民家〉。

1993　民國 82 年，五十歲。
・2 月第五次進入新疆，探訪冰冷的絲路之旅。
・6 月臺中世紀畫廊油畫個展。
・7 月主持並率團赴新疆於烏魯木齊市文聯展覽館舉辦「臺北—新疆版畫大展」，開幕後第六次天山南北絲路之旅。
・8 月參展「臺灣美術新風貌」於臺北市立美術館。
・9 月領隊赴日本福岡參加「第八屆亞洲國際美術展覽會」於日本福岡市立美術館揭幕。
・10 月主持開幕中華民國第十三屆全國版畫展於屏東縣立文化中心。
・11 月參展「國畫油畫大展」於臺北市中正藝廊。
・教育部文藝創作獎油畫評審委員。
・參展「光的迴想展」於帝門藝術中心。
・創作油畫〈盛夏梵音〉〈澎湖船家〉。

1994　民國 83 年，五十一歲。
・1 月高雄市琢璞藝術中心個展，「顧重光油畫個展—四季豐收」。
・4 月率團赴日本東京都美術館舉辦「中日版畫交流」。
・5 月赴上海、北京及第七次新疆絲路之旅。
・6 月臺中市現代藝術空間油畫個展。
・7 月參加國立歷史博物館選送法國國家藝術學會邀請展。
・9 月輪值主辦「第九屆亞洲國際美術展覽會」於臺北市立國立歷史博物館，亞洲九國代表來臺 61 名畫家與會。

・12 月赴泰國曼谷於泰國國家畫廊參展「臺
北現代畫展」。

・12 月應邀參加北京全國美展，臺港澳邀請
展出品。

・創作詭異寫實作品〈陶盤事件 I〉、〈陶盤
事件 II〉、〈西域行‧絲路故事〉。

1995　民國 84 年，五十二歲。
・1 月「臺北現代畫展」香港光華畫廊展出，
臺北現代藝術家協會，國立歷史博物館主
辦。

・4 月「中義版畫展」臺北市中正紀念堂中正
藝廊展出。

・4 月「全國版畫展」臺南市臺南文化中心揭
幕。

・8 月率團參加新加坡主辦「第十屆亞洲國際
美術展覽會」於新加坡美術館。

・9 月「臺北現代畫家邀請展」，臺北斐冷翠
藝術中心。

・中華民國第十四屆全國美展籌備委員及水
彩評審委員。

・臺灣省展第五十屆及 50 年紀念展評審委員
及參展。

・油畫創作〈林安泰古厝〉、〈庭前芳草〉、
〈夏日草莓〉、〈大宛清韻〉，另以水墨
創作〈遠古先民〉、〈永字八法〉。

1996　民國 85 年，五十三歲。
・1 月「顧重光油畫個展—視覺最前線新寫實
繪畫」於高雄市琢璞藝術中心。

・3 月率團赴香港舉辦「臺港現代藝術領航者
聯展」於香港中環藝軒畫廊展出。

・6 月赴巴黎、勃根地、波爾多及西班牙拉里
奧哈等地采風取材參觀葡萄酒莊園。

・8 月～9 月赴新疆舉辦「臺北—北京—烏魯
木齊名家畫展」在烏魯木齊自治區展覽館
展出，第八次絲路之旅。

・11 月率中華民國代表團赴菲律賓馬尼拉，
參加「第十一屆亞洲國際美術展覽會」開
幕於馬尼拉大都會美術館。

1997　民國 86 年，五十四歲。
・4 月主辦「臺北—巴黎—紐約—馬德里 14
人展」於臺北市立美術館。

・5 月臺南市社教館「百人版畫展」。

・7 月「臺北現代畫聯展」於臺北市國父紀念
館。

・10 月花蓮維納斯畫廊「東方精神六人展」。

・10 月率團赴澳門代表中華民國參加第十二

屆亞洲國際美術展覽會。

・12 月「另類新東方精神六人展」，臺南縣
文化中心。

・全省美展邀請參展。

・花蓮市立文化中心，「另類新東方精神展」。

・創作東西方繪畫混合的技法〈石榴的對
位〉、〈柿子的對位〉。

1998　民國 87 年，五十五歲。
・4 月主辦臺灣現代藝術家聯盟名家展於臺北
縣立文化中心。

・8 月主辦臺北現代美術展於日本長野縣信州
新町美術館別館藏美術館。

・10 月個展於臺北阿波羅畫廊。

・11 月率代表團赴馬來西亞吉隆坡參加「第
十三屆亞洲國際美術展覽會」。

・創作油畫〈兩種柿子的畫法〉，水墨式作
品〈黃金萬兩滿載而歸〉。

1999　民國 88 年，五十六歲。
・7 月赴韓國濟州島參加「島嶼與島嶼
ISLAND TO ISLAND」國際展。

・8 月率團參加香港光華中心舉辦「臺港現代
藝術交流展」開幕。

・10 月日本靜岡縣富士美術館，「日港臺現
代作家交流」。

・12 月臺中市新儒家藝術空間聯展。

・參加「第十四屆亞洲國際美術展覽會」於
日本福岡市亞細亞美術館並代表參展國剪
綵。

・臺灣省立美術館「創作與回顧—顧重光的
繪畫」個展。

2000　民國 89 年，五十七歲。
・3 月臺北縣文化局特展室籌畫展出「顧重光
千禧展」。

・4 月赴韓國漢城市參加「2000 年亞洲美術
展覽會」。

・9 月「第十五屆亞洲國際美術展覽會」臺灣
展出，於臺南新營市立文化中心盛大舉行。

・日本靜岡縣三島市 701 畫廊「日港臺現代
作家交流展」。

2001　民國 90 年，五十八歲
・3 月新竹文化中心，「現代繪畫十人展」。

・4 月 19～24 日韓國漢城世宗文化會館個展，
「顧重光 2001 個人展—韓紙的探索」。

・5 月赴英國布來頓大學主辦「亞洲美術
2000‧ASIAN ART 2000 A VISION OF
CHANGE」。

・7月16日上海美術館「臺北現代繪畫展—福建武夷山市兩岸文化交流展」
・12月5日新竹縣文化中心，「臺北現代畫展」。
・12月8日臺南成功大學藝文中心，「臺北現代畫展」。
・12月17日率團赴廣州參加「第十六屆亞洲國際美術展覽會」。
・臺北縣美展審查委員及參展。
・創作帶有水墨情趣的半抽象現代裱貼及彩墨油畫的多媒材作品：〈東西方的探索〉、〈山水新年畫〉、〈日月共鳴〉、〈雁行天下〉、〈烽燧殘簡〉、〈馬上得寶〉、〈曼陀羅〉、〈居延漢簡〉、〈塞外狼煙〉、〈旅途〉、〈吐魯番紀事〉、〈草原石人與白鴿〉、〈流沙墜簡〉。

2002　民國91年，五十九歲
・1月22日～2月21日「顧重光油畫個展」，新北市三峽歷史博物館。
・2月26日～4月18日「現代繪畫展」，淡江大學文錙藝術中心。
・3月1日～12日「現代畫家繪畫作陶展」，新莊市文化藝術中心。
・3月9日～14日「附友聯展附中55週年」，國父紀念館德明藝廊。
・3月23日～4月30日「臺灣2002年美術展」，沙烏地阿拉伯利雅德，阿布都阿濟茲國王紀念博物館。
・8月22日「第十七屆亞洲國際美術展覽會」，韓國大田市美術館。
・9月2日泰山文化節，「臺北縣泰山鄉現代藝術聯展」。
・10月1日「臺北縣滬尾淡水文化節繪畫聯展」，淡江大學。
・10月10日「臺灣新寫實繪畫30年—行雲流水之歌」，臺北亞洲藝術中心。
・12月赴印尼藝術文化宣揚團雅加達泗水聯展。
・創作新寫實油畫作品〈大柿蘋果圖〉。

2003　民國92年，六十歲
・3月「時間的刻度—臺灣戰後50年作品展」，長流美術館。
・5月20日「炫光肇奇現代繪畫大師展」，淡江大學文錙藝術中心。
・6月29日～8月31日「心靈重建二部曲—歌頌生命百人展」，臺北市美術館。

・7月1日～30日「顧重光水墨媒材展—文化的省思」，新北市稅捐處大樓。
・10月25日「臺灣藝術振興院成立聯展」臺北忠義館，推舉顧重光爲振興院院士。
・12月18日「第十八屆亞洲國際美術展覽會」，香港文化博物館。
・SARS侵襲臺灣，8月就任教職重拾教鞭，擔任國立臺灣師範大學美術系美術研究所技術副教授。
・淡江大學文錙藝術中心任駐校藝術家。
・淡江大學通識與核心課程組技術副教授。
・臺中揮別悲情HOMESWEET義賣展。
・前衛60年代臺灣美術發展。
・創作油畫〈黃沙明駝〉。

2004　民國93年，六十一歲。
・4月「七〇年代臺灣美術發展—反思」，臺北市立美術館。
・5月淡江大學文錙藝術中心，「新世紀的曙光」。
・10月28日「顧重光創作展·新寫實—再現自然」於國立歷史博物館。
・10月29日「第十九屆亞洲國際美術展覽會」於日本福岡市立美術館。
・11月「臺北現代畫展」，馬祖文化中心。
・11月「直觀與迴盪靜物畫的實相與幻象」，臺中市臻品畫廊。
・「2004亞洲國際美術展覽會臺灣代表畫家臺北展」，龍華科技大學藝文中心。
・「臺灣師大美術系所教授暨臺中傑出校友聯合大展」於臺中市文化中心。

2005　民國94年，六十二歲。
・2月「臺北現代畫展」，臺北陽明山草山行館。
・3月「2005英雄誌」，關渡美術館臺北藝術大學。
・3月「臺灣藝術振興院乙酉開春特展」，臺北忠藝館。
・5月「金門海峽兩岸書畫聯展」，金門縣文化中心。
・7月「2005顧重光油畫個展」，臺北縣議會文化藝廊。
・7月「第十七屆全國美展油畫評審委員及邀請展」—展出作品〈洋蔥紅李〉。
・7月「2005亞洲島嶼國際美術展」，韓國濟洲島。
・9月「第二十屆亞洲國際美術展覽會預展」，臺北淡江大學文錙藝術中心。

・10月「臺中港區美術大展第四屆全國百號油畫大展」，臺中清水港區藝術中心。
・10月「全國油畫特展」，跨世紀油畫研究會主辦，臺北國父紀念館。
・11月14～19日「兩岸書畫家共繪〈新三峽〉」，赴重慶市萬洲區采風。
・11月20～24日「第二十屆亞洲國際美術展覽會」，菲律賓馬尼拉阿雅拉美術館。
・11月「第七屆新莊美展」，新莊文化藝術中心。
・12月「臺灣具像繪畫展」，臺北市立美術館。

2006 民國95年，六十三歲
・5月28日　赴北京參加「宋慶齡逝世25週年紀念畫展」並遊揚州。
・6月為紀念陳慧坤百歲「淡水百景畫展」，師大畫廊。
・7月6日～8月25日，顧重光油畫個展「再現自然」，臺北土地銀行。
・7月18～22日「第二十一屆亞洲國際美術展覽會」—展出作品〈紅杏黃李〉，新加坡國家美術館。
・7月24日「全國油畫特展」—展出作品〈一朵牡丹〉，臺北縣文化局。
・9月23日「第五屆全國油畫百號百人大展」，臺中港區清水市藝術中心。
・9月15日～10月「臺灣美術發展1950～2000」，北京中國美術館。
・10月「淡水藝術節」—油畫〈淡水河邊〉參展，臺北淡江大學文鎛藝術中心。
・11月5日「蘭陽之美畫展」，淡江大學蘭陽校區。

2007 民國96年，六十四歲
・3月8日「華江神韻・上海臺灣兩地美術展」—展出作品〈曼陀羅〉、〈山水新年畫〉、〈旅遊〉、〈烽燧殘簡〉、〈日月爭輝〉，上海市圖書館。
・4月「臺灣師大附中校友AA展」—展出作品〈柿子的對位〉、〈黃杏密李〉、〈東西方的探索〉，臺北國父紀念館。
・7月21～31日「臺灣藝門60—國立師範大學美術系系友聯展」，中正紀念堂第三畫廊。
・7月17日～8月6日「臺灣美術光譜—師大美術系教授聯展」，臺北國父紀念館中山國家藝廊。
・7月「種子聯展—師大美術系教授聯展」，臺中市國美館。

・7月21日「華夏神韻—臺灣上海美術展」，臺北市立圖書館
・8月18日「臺北現代畫展」—展出作品〈洋蔥紅李〉，日本名古屋市立美術館、長流畫廊和時新意象合辦
・9月「全國百號油畫展」評審—展出作品〈牡丹的對位〉，臺中港區藝術中心主辦。
・12月31日「臺灣現代油畫聯展」與大陸「形象對話」展配合展出，廈門中華兒女美術館。
・廈門中華兒女美術館收藏〈一朵牡丹〉。

2008 民國97年，六十五歲
・2月21日～4月28日「春之異想展」，臺北淡江大學文鎛藝術中心。
・3月「李奇茂美術館書畫聯展」—展出作品〈草原石人〉、〈白鴿〉、〈旅途〉、〈曼陀羅〉，醒吾技術學院。
・7月13日「新寫實精神—顧重光油畫個展」，文化尋根建構臺灣百年美術史——創價文化藝術系列展，首展高雄市鹽埕藝文中心，10月於臺中，11月於新竹創價藝文中心。
・8月10日「北京奧運美術大會展」—展出作品〈青花陶盤〉，北京中國國際展覽中心。
・8月30日「兩岸油畫交流文化大展」，長流美術館、南投文化局文化中心主辦。
・9月4～8日「韓國釜山雙年展・Busan Biennale 2008」及特別邀請展「藝術鮮活展・Art is Alive」—展出作品〈絲路故事〉及〈敦煌莫高窟千佛〉，赴韓國釜山出席開幕。
・12月「橫跨歐亞—臺俄當代藝術展」（師大美術系與俄羅列賓美術學院教授交流展），臺北國父紀念館中山國家藝廊。

2009 民國98年，六十六歲
・1月兩岸畫兩岸活動，長流美術館主辦，兩岸畫家寫生於花蓮與日月潭。
・2月「第一接觸・臺灣、昆明與香港三地畫家展」—展出作品〈絲路故事〉及〈敦煌莫高窟千佛〉，昆明市九九畫廊開幕。
・3月兩岸寫生活動於廈門鼓浪嶼與華安土樓。
・5月「亞洲國際當代繪畫聯盟展」—展出作品〈洋蔥紅李〉、〈東西方的探索〉、〈新年柿〉及〈紅柳藍子石榴圖〉，臺北淡江大學文鎛藝術中心。

・7 月「畫境行旅・兩岸油畫大展」—展出作品〈夏日草莓〉及〈二道橋烤肉攤子〉，北京中國油畫院開幕式及清東陵寫生。
・7 月「第二十四屆亞洲國際美術展覽會預展」，臺北縣文化局特展室，7 月 19 日至臺北縣議會文化藝廊
・10 月 24 日「臺北壹畫廊開幕展」—展出作品〈新年柿〉
・11 月 20 日「第二十四屆亞洲國際美術展覽會」—展出作品〈12 大柿圖〉，馬來西亞吉隆坡國家畫廊
・11 月 1 日～ 12 月 31 日「北縣精典美術創作展」，臺北縣文化局。
・12 月 14 日「西域風華—顧重光畫展」，臺灣中壢元智大學藝術中心。

2010　民國 99 年，六十七歲。
・2 月 11 日「壺裡乾坤」—展出作品〈茶海柿子〉、〈竹節壺杯〉及〈紫砂餘韻〉，臺北福華沙龍。
・3 月 11 日「傳承與開創—臺灣美術院首屆院士展」，臺北國父紀念館中山國家藝廊。
・3 月 13 日「臺北現代畫展」，臺北淡江大學文錙藝術中心。
・9 月 6 日「百年繪畫大觀」紀者會，上海民族設計展。
・9 月 14 日「第二十五屆亞洲國際美術展覽會」於蒙古國烏蘭巴托舉行開幕式。
・9 月「百號百人大展」—展出作品〈十二大柿圖〉，臺中清水港區藝術中心。
・10 月臺北壹畫廊聯展。
・10 月出版《臺灣名家 100—顧重光》，香柏樹文化科技有限公司發行。
・11 月 3 日「淡江大學 60 週年慶畫展」—顧重光、盧怡仲、劉獻中、潘鈺、吳天章 6 人，油畫四季花卉參展並贈畫文錙藝術中心。
・11 月 17 日「海峽兩岸藝術家交流展」，孫中山先生誕生 144 週年翠亨美術館一週年紀念展。
・12 月 22 日李奇茂美術館破土奠基，赴山東省高唐市並遊曲阜淄博市。

2011　民國 100 年，六十八歲。
・1 月 11 日「百歲百畫—臺灣當代畫家邀請展」，國家文化總會主辦，臺北國父紀念館。
・2 月 16 日「春之禮贊—兩岸三地書畫作品展」，臺港泉州畫家參展—展出作品〈水墨荷花〉。
・4 月 4 日「手口在中國—兩岸畫家聯展」，西安亮寶樓美術館開幕，其後赴陝西省黃陵縣參加年度公祭—黃帝陵祭祖大典。
・4 月 9 日～ 22 日　因心臟衰竭入陝西人民醫院急診之後養護治療，22 日返臺。
・8 月 20 日「傳承與開創—臺灣美術院院士展」—展出作品〈朝陽〉、〈紅柳藍子石榴圖〉、〈十二大柿圖〉及〈東西方的探索〉，北京中國美術館。
・9 月 13 日「第二十六屆亞洲國際美術展覽會」於韓國首爾市，由李錫奇代表領隊出席。
・10 月 17 日與培華同赴山東高唐市參觀李奇茂美術館硬體灌漿完工，遊泰山南天門、濟南。
・11 月 12 日「兩岸畫家聯展」，廣東中山市新翠亨美術館開館展。
・12 月 23 日「臺灣美術院院士展」於廣州美術館開幕式並遊羊城。

2012　民國 101 年，　六十九歲。
・1 月 6 日臺北犁畫廊「中國版畫學會聯展」—展出作品〈福祿壽囍〉、〈黃金萬兩滿載而歸〉
・1 月受托製作版畫〈飛龍在天〉，臺中國美館。
・1 月 15 日受邀年畫頒獎及展示〈飛龍在天〉，臺中國美館。
・2 月 26 日　中華民國畫學會「金爵崇輝—歷屆金爵獎獲獎人特展」—展出作品〈茶海柿子〉，師大德群藝廊
・5 月 10 日「現代畫展」，金車文藝中心宜蘭金車總部
・5 月 15 日「臺韓現代畫交流展」，臺韓共同開幕，臺北淡江大學文錙藝術中心。
・5 月 19 日「臺灣美術院第二屆院士展」—展出作品〈紅柳藍子大石榴〉、〈十二大柿圖〉及〈八個大蘋果圖〉，臺北國父紀念館中山國家藝廊。
・9 月 2 日「絲路春秋—顧重光創作展」，新竹生活美學館美藝堂，出版專輯書冊《絲路春秋》。
・10 月 11 日李奇茂美術館建館開館典禮，山東高唐縣。
・11 月 30 日「海峽兩岸美術家作品交流展」—參展作品〈草原金馬之登高明望四海〉、〈草原金格里蘇之五星出東方利中國〉、

〈草原、金虎之胡王錦〉，廣東中山市新翠亨美術館開館展。

· 12 月 1 日「海峽兩岸美術家作品交流展」開幕式及座談會。

2013　民國 102 年，七十歲
· 1 月 17 日～21 日「第二十七屆亞洲國際美術展覽會」—展出作品〈牡丹青花瓶〉及〈艾特列斯綢〉，泰國曼谷自由廣場，率團參加開幕式代表團 32 人出席。

· 1 月 20 日「臺北形而上聯展」—展出作品〈紫砂遺韻〉。

· 4 月 1～15 日「臺灣美術發展 1911～2011」—展出作品〈新年柿〉，北京中國美術館。

· 4 月 20 日～5 月 7 日「中華畫院藝術大展」—展出作品〈金月之饕餮紋綿〉，臺北國父紀念館中山國家藝廊

· 5 月 18 日「現代迭起·2013 臺灣當代藝術展」，臺北國父紀念館德明藝廊。

· 7 月 5～26 日「臺灣 50 現代畫展」—展出作品〈牡丹青花瓶〉、〈金色九重葛〉、〈十四大柿圖〉、〈八個大蘋果〉及〈大柿圖〉，臺灣土地開發公司築空間藝廊主辦，總策劃策展人何肇衢、李錫奇、顧重光和邱復生等四人

· 7 月 25 日「海內外藝術家聯展」，廣東中山市南朗鎮翠亨村翠亨美術館，同時中山市政委員書畫會成立

· 8 月 10 日「中華民國畫學年展」，桃園客家文化會館。

· 9 月 10 日「臺灣現代畫聯展」，香港文化中心展廳。

· 11 月 8 日～12 月 22 日「臺灣現代繪畫 14 名家邀請展」，臺北淡江大學文錙藝術中心。

· 12 月 5 日「學學文創感動馬創作展」開幕

· 12 月 4～15 日「奔向蔚藍的島嶼—臺馬福建藝術家寫生展」—展出作品〈馬祖中柱島眺望國之北疆〉及〈馬祖中柱島消波塊〉，新竹生活美學館主辦。

2014　民國 103 年，七十一歲。
· 2 月 24 日～3 月 25 日「第二十八屆亞洲國際美術展覽會」—展出作品〈紅柳藍子石榴圖〉，由我國主辦，亞洲十國參展，金門文化園區歷史民俗博物館。

· 3 月 28 日「臺灣古蹟繪畫展」—展出作品〈澎湖漁夫之家〉、〈太陽曬在家門口〉、〈臺南市小西門〉及〈臺南後壁菁寮義昌碾米廠〉，文化部主辦，臺中文創園區。

· 5 月 9 日「臺灣美術院院士展」—展出作品〈八個大蘋果〉、〈十二大柿圖〉，澳洲坎培拉大學。

· 6 月 13 日「臺北現代藝展」—展出作品〈十二大柿圖〉、〈鼓浪嶼晨景〉及〈法國聖德米里昂葡萄園〉，上海美博館。

· 8 月 8 日「臺灣美術院院士展」—展出作品〈紅柳藍子石榴圖〉、〈牡丹青花瓶〉及〈艾特列斯綢〉，日本東京涉谷松濤美術館開幕，駐日代表宴於赤坂茶室。

· 8 月 16 日「臺中 A798 畫廊開幕展」—展出作品〈草原金虎之王侯合婚千秋萬世宜子孫〉

· 11 月 8 日「心象實景—顧重光畫展」，臺北宏藝術畫廊。

· 11 月 16 日「風華再現—宜蘭美展 30 年」宜蘭美術館開館展—展出作品〈白山黑水之韓侃吳牟錦〉。

· 11 月 18 日「中山首屆國際青年藝術博覽會」在廣東省中山市展覽館舉行，受邀為名家助展並為藝術顧問評審委員會委員—展出作品〈水墨畫豐收〉系列 11 張。

· 12 月 13 日「臺灣美術院院士聯展」—展出作品〈天山下的哈薩克村莊〉，臺北福華沙龍。

2015　民國 104 年七十二歲
· 3 月 7 日「海峽三地書畫展」為紀念孫中山先生誕辰，中華民國畫學會主辦，臺北市社教館。

· 7 月 4～30 日「穿越兩極·顧重光的繪畫世界」個展，臺北國父紀念館中山國家藝廊，出版畫展專輯《穿越兩極·顧重光的繪畫世界》。

作品索引
Index

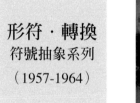

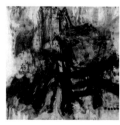

書寫・大塊
書法抽象系列
（1969-177）

p.73
白色的語言
White Language
133×163cm　1969

p.74
黃沙之鳳
Phoenix on Sand
133×262cm　1969

p.76
白鳥
White Bird
163×131cm　1969

p.77
人
Human
131×162cm　1969

p.80
復活
Revival (Resurrection)
130×90cm　1969

p.81
拜日祭典
Ceremony of Sun Worship
41×31cm　1969

p.82
黑谷
Black Valley
80×116cm　1969

p.83
月出夜霧上
Moon Come Out of Night Fog
45×60.5cm　1970

p.84
陽光之下
Under the Sunlight
45.5×60.5cm　1970

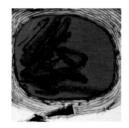

p.85
黑鷹與飛
Black Eagle and Fly
50×60.5cm　1971

p.86
大地之境（龍舞之Ⅱ）
Land of Great Earth
162×112.5cm　1971

p.87
不朽烈日（龍舞之Ⅲ）
Eternal Bright Sun
162×112.5cm　1971

p.88
峰頂白日
White Sun on Peak
50×60.5cm　1972

p.89
羿射四日之後
After Yee Shot Four Suns
72.5×91cm　1972

p.90
春山綠雲
Green Cloud Over Spring
Mountain
72.5×91cm　1972

p.91
傍水夏日
Summer Sun Beside the Water
50×60.5cm　1972

p.92
在藍色月下移動
Move Under Blue Moon
50×60.5cm　1972

p.93
白日之焚
Burning Under the Bright Sun
50×60.5cm　1972

p.94
陽光之祭
Ceremony Under Sun
60.5×50cm　1972

p.95
記功碑
Monument
54×39cm　1973

p.96
山水（遙想范寬）
Landscape (Homage to Fan-Kuan)
91×72.5cm　1973

p.97
奔
Run
91×72.5cm　1973

p.98
烈日
Bright Sun
123×155cm　1973

p.99
架上果實
Fruits on Cross
50×60.5cm　1973

p.100
作品 1973-006
Opus-1973-006
72.5×91cm 1973

p.101
深海之遊
Travel in Deep Sea
130×163cm 1973

p.102
洶湧的潮
Rush Waves
163×107cm 1973

p.103
啓航
Start Sailing
76×60.5cm 1973

p.104
天之外
Out of Universe
102×127cm 1973

p.105
繽紛夏日
Bright Summer Day
50×65cm 1973

p.106
滾動書寫
Rolling Calligraphy
60.5×50cm 1973

p.107
樹林小溪
Creek Out of Wood
76.5×61.5cm 1973

p.108
冬之旅
Winter Journey
91×65cm 1974

p.109
深海之濱
Shore of Deep Sea
65×50cm 1974

p.110
春之門
Gate of Spring
50×65cm 1975

p.111
繁花似錦
Flowery as Silk
50×65cm 1975

p.112
花季
Flower Seasons
50×65cm 1975

p.112
虎圖
A Painting of Taiger
79×55cm 1975

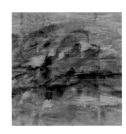

p.113
落日河岸
River Bank in Sunset
56.5×76cm 1976

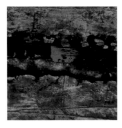

p.114
暗夜抹紅
A Touch of Red in Dark Night
56.5×76cm 1976

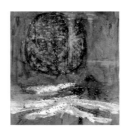

p.115
月下孤林
Wood Under Moon
76×57cm 1976

p.116
焚之舞
Dance of Burning
76×57cm 1976

p.117
黃昏之山頂
Mountain Peak at Sunset
102×121cm 1976

p.118
天外衝擊
Hit Out of Sky
121×102cm 1976

p.119
奔騰的流
Running Stream
106×145cm 1977

鏤刻・節慶
版畫系列
（1977-1978）

p.122
福祿壽囍
Good Fortune, Prosperity, Long
Life, Happiness,
18×15cm×4 1977

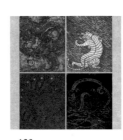

p.123
東西南北
East, West, South & North
18×15cm×4 1977

p.124
梅蘭竹菊
Plums, Orchid, Bamboo,
Chrysanthemum
18×15cm×4 1977

p.125
松柏長青
Pine, Cypress, Long Water Fall,
Green Grass
18×15cm×4 1978

p.126
富貴白頭
Health and Honor All Years,
20×18cm×2 1978

重回・土地
鄉土寫實系列
（1977-2013）

p.130
淡水老屋街景
Old Town House Street Sene, Tam
Sui, Taipei
50×65cm 1975

p.132
有磚屋的春天
Brick House in Spring Time
121×102cm 1977

p.133
金門古厝
Old House Gate from Kinmen
51×61cm 1977

p.134
松山農家與水田
Farm House and Rice Field from
Sun San, Taipei
76.5×61.5cm 1977

p.135
漁夫之家
Fisherman's Home
72.5×91cm 1981

p.136
澎湖天后宮仰望
Up Looking to Ma-Tzu Temple of
Pen-Hu Island
72.5×91cm 1981

p.137
澎湖民家
Old House from Pen-Hu Island
72.5×91cm 1981

p.138
澎湖古厝的變遷
Old and New Vehicle
91×187cm 1982

p.140
日光照在家門口
Sunshine Across Doorway
72×91cm 1983

p.141
豐收
Big Harvest
72.5×91cm 1983

p.142
淡水街景
Street Scene of Tan Sui
60.5×72.5cm 1983

p.143
禮門義路
Modest Door and Heroic Road
60.5×50cm 1983

p.144
澎湖船家
Fishing Boat from Pen-Hu
60.5×72.5cm 1993

p.145
林安泰古厝（庭前芳草）
Old House of Lin-An-Tai
100×80cm 1979-1995

p.146
鼓浪嶼晨景
Morning View in Gu-Lang-Yu, China
97×130cm 2009

p.147
臺南後壁菁寮義昌輾米廠
Yi-Chang Rice Hulling Mill, Jing-
Liu Hou-Bi, Tainan
72×91cm 2013

p.148
臺南靖波門（小西門）
Little West Gate, Tainan
40×40cm 2013

p.149
馬祖東引中柱島消波塊
Tetrapod of Doin-In Ma-Tsu Island
72.5×91cm 2013

p.150
勝利
Victory
200×800cm 1984

精細・寫實
花果瓷盤系列
（1981-2015）

p.154
芒果與漆盒
Mango with Lacquer Ware
65×50cm 1979 ～ 1984

p.155
鳳梨（旺來）
Pineapple
72.5×60.5cm　1981

p.156
青蘋果
Green Apple
60×120cm　1981

p.158
康乃馨與陶瓶
Carnation and Peach Bottle
72.5×60.5cm　1982

p.159
紅玫瑰
Red Roses
72.5×91cm　1983

p.160
和諧
Harmony
200×500cm　1984

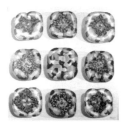

p.162
迷彩柿子
Camouflage Persimmon
133×133cm　1986

p.163
迷彩葡萄與魚盤
Camouflage Plate and Grapes
162×133cm　1986

p.164
蘋果
Apples
116.5×91cm　1986

p.165
蘋果雙魚盤
Apples and Two Fishes Plate
130×162cm　1991

p.166
朝陽（向梵谷致敬）
Rising Sun to Pay Honor to Van Gogh
162×130cm　1992

p.168
蜜桃酒瓮
Longevity Peaches Winejar
55×80cm　1993

p.169
青花陶盤
Blue and White Porcelain
133×133cm　1994

p.170
夏日草莓
Summer Strewberry
116.5×91cm　1985-1995

p.171
大柿蘋果圖
Big Persimmons and Apples
97×130cm　2002

p.172
一朵牡丹
One Peony
40×40cm　2005

p.173
黃杏蜜李
Yellow Apricots Sweet Plums
80×116.5cm　2006

p.174
紅柳籃子大石榴
Big Pomegranates in Red Willow Basket
130×162cm　2008

p.175
十二大柿圖
Twelve Big Persimmons
97×130cm　2009

p.176
十二大柿圖
Twelve Big Persimmons
130×162cm　2010

p.177
茶海柿子
Teapot and Persimmons
50×65cm　2010

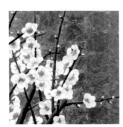

p.178
白梅圖
White Plums
72.5×91cm　2010

p.179
八個大蘋果
Eight Big Apples
130×162cm　2012

p.180
十七個蘋果一個柿子
Seventeen Apples and one
Persimmon
130×162cm　2012

p.181
黃金九重葛
Gold Paper Flower
60×72cm　2013

p.182
牡丹青花瓶與艾特萊斯綢
Peony Blue and White Vase on
Edres Silk
130×97cm　2013

p.184
十四大柿圖
Fourteen Big Persimmons
53×65cm 2013

p.185
大柿蘋果蜜李圖
Apples Persimmons and Plums
91×116cm 2014

p.186
黃金牡丹
Two Golden Peonies
97×130cm 2005-2014

p.187
黃金洋蔥紅李
Golden Onion and Plums
89×116cm 2004-2015

穿越・時光
拼貼系列
（1981-2015）

p.190
塗鴉
Grafitti
65×50cm 1985

p.191
卜辭大吉
Best Wishes from Divination
91×72cm 1987

p.192
簡牘紀事
Memorandum Tablets
72×91cm 1987

p.193
子孫寶用
Keep the Treasure for Grand Children
91×72cm 1987

p.194
永字八法
Eight Way to Write Word "Yun"
91×72cm 1995

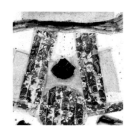

p.195
遠古先民
Primitive Man
91×72cm 1995

p.196
明鄭復臺受降書
Surrender Treaty to Kok-Sin Ga
60×50cm 1995

p.197
明鄭復臺之戰
The Battle of Taowan
57×46cm 1996

p.198
日月共鳴
Harmony Between Sun and Moon
91×72cm 2001

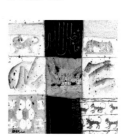

p.199
雁行天下
Wild Geese Around Sky
91×72cm 2001

p.200
馬上得寶
Treasure on Horse Back
91×72cm 2001

p.201
居延漢簡
Han Dynasty Wooden Tablet from
Ju-Yan, China
72×91cm 2001

p.202
塞外狼煙
Smoke Signal from Forentier
72×91cm 2001

p.203
旅途
Traveling Road
72×91cm 2001

p.204
吐魯番紀事
Trupan Chronicle
91×72cm 2001

p.205
草原石人與白鴿
White Doves with Stone Statue on
Grass Land
91×72cm 2001

p.206
流沙墜簡
Falling Wooden Tablet on Quick Sand
91×72cm 2001

西域・風雲
絲路系列
（1989-2015）

p.210
帕米爾駝鈴
Camel Bells from Pamir
125.5×192.5cm 1989

p.211
牧羊女
Girl with Sheeps
133×133cm 1989

p.212
喀什艾提朵清眞寺
Etigar Mosque Kashigar Xing Jiang
72×91cm　1991

p.213
喀什噶爾讚歌
Viva Kashigar
132×192cm　1992

p.214
大西北市集
Bazaar of Kucha, Xing Jiang, China
133×133cm　1992

p.215
艾特萊斯綢上的葡萄
Grapes on Edressilk
72×91cm　1992

p.216
盛夏梵音（眺望敦煌大寺）
Buddhist Music Out of Mid Summer
1993　55×80cm

p.217
二道橋烤肉攤子
Kabob Bar-B-Q Stands in Urumqi
72.5×80cm　1999

p.218
黃沙明駝
Camels Goes by Yellow Sand
73×92cm　2003

p.219
那拉提清晨
Early Morning in Narati, Xin-Jiang, China
31×41cm　2003

p.220
伊犁塞里木湖畔牧場
Grass Land of Lake Serim Shore Yili
41×53cm　2008

p.211
天山下哈薩克村莊
Kazak Village Under Tian-Shan Mountain, Xin Jiang, China
45.5×53cm　2013

p.222
庫車巴札牧民與駱駝
Herdsman and Camel in Kucha Grand Bazaar, Xin Jiang, China
97×130cm　2015

p.224
西域行Ⅰ
West Bond Story on Silk Road Ⅰ
133×133cm　1992

p.225
西域行Ⅱ
West Bond Story on Silk Road Ⅱ
133×133cm　1992

p.226
西域行（絲路故事）
Silk Road Story
132×164cm　1994

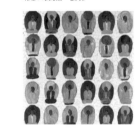

p.227
敦煌莫高窟千佛
Thousand Buddha Grotto of DunHuang
162×130cm　2003

p.228
克孜爾飛天菩薩
Flying Buddha from Kizil Grotto Kucha, Xin-Jiang, China
130×97cm　2004

p.229
草原金獅之五星出東方利中國錦
Golo Griffin Ornament with Brocade the Five Stars Appear in East Bringing Benifit to the Central Kingdom
116.5×91cm　2011

p.230
草原金虎之王侯金婚千秋萬歲宜子孫錦
Prairie Gold Tiger Ornament with Brocade the Aristocracy Unite Marriage will Last Forever and Produce Progeny
116.5×91cm　2011

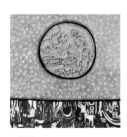

p.231
白山黑水金鳥之韓侃吳牢錦
Gold Bird Ornament from Kitai with Han-Kan-Wu-Lau Brocade
116.5×91cm　2011

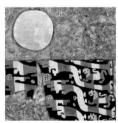

p.232
金月之饕餮文錦
Tao-Tie Patten Brocade Under Golden Moon
116.5×91cm　2013

兩極·合一
對位系列
（1997-2007）

p.236
畫葡萄與玫瑰的方法
The Way to Paint Grapes and Roses
72.5×91cm 1997

p.237
柿子的對位
Counterpoint of Persimmons
130×162cm 1997

p.238
石榴的對位
Counterpoint of Pomegranates
72.5×91cm 1997

p.239
兩種柿子的畫法
Two Way to Draw Persimmon
72.5×91cm 1998

p.240
黃金萬兩滿載而歸
Millions of Gold Bring It Home
with You
91×72.5cm 1998

p.241
新年柿
Persimmons on New Year
72.5×91cm 1999

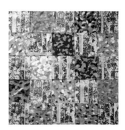

p.242
四季
Four Seasons
120×120cm 1999

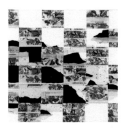

p.243
山水新年畫
Landscape and New Year Print
72×91cm 2001

p.244
東西方的探索
Exploration of East and West
97×348cm 2001

p.246
東西方的探索 II
Exploration of East and West II
91×72.5cm 200

p.247
牡丹的對位
Conterpoint of Peony
130×162cm 2007

p.248
朱仙鎮木刻版畫之雲山
墨雨圖
Cloud Mountain and Ink Rain with
Wood Cut Print
95×184cm 2010-2013

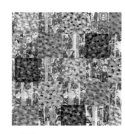

p.250
朱仙鎮木刻版畫之四季
Four Seasons with Wood Cut Print
95×122cm 2015

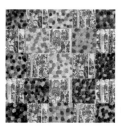

p.251
朱仙鎮木刻版畫之豐收
Harvest with Woodcut Print
185×128cm 2015

國家圖書館出版品預行編目（CIP）資料

穿越兩極：顧重光的繪畫世界 / 顧重光作. --
初版. -- 臺北市：國父紀念館, 2015.07
　　面；　公分
ISBN：978-986-04-5249-5（平裝）

1.美術　2.作品集

902.33　　　　　　　　　　　　　104011188

穿越兩極—顧重光的繪畫世界

From Abstractionism Through New Realism - The Art World of Koo, Chung-Kuang

發 行 人　　王福林
出 版 者　　國立國父紀念館
　　　　　　11073 臺北市信義區仁愛路4段505號
　　　　　　TEL: 886-2-27588008
　　　　　　FAX: 886-2-87801082
　　　　　　http://www.yatsen.gov.tw

作　　者　　顧重光
總 編 輯　　林國章
執行編輯　　楊得聖、尹德月
印　　刷　　四海電子彩色製版股份有限公司
出版日期　　2015年7月
版　　次　　初版
定　　價　　新臺幣1000元

展售處
國家書店【松江門市】10485臺北市中山區松江路209號1樓
TEL: 886-2-2518-0207 FAX: 886-2-2518-0778
http://www.govbooks.com.tw

五南文化廣場【臺中總店】40042臺中市中山路6號
TEL: 886-4-22260330 FAX: 886-4-22258234
網路書店：http://www.wunanbooks.com.tw

臺灣手工業推廣中心【國父紀念館門市】
TEL: 886-2-2758-0337 FAX: 886-2-8789-4717
http://www.handicraft.org.tw

大手事業有限公司（博愛堂）【國父紀念館門市】
TEL: 886-2-87894640 FAX: 886-2-22187929

統一編號（GPN）：1010401022
國際書號（ISBN）：978-986-04-5249-5（平裝）

國立國父紀念館